下雨的書店：雨冠之花

日向 理惠子 著
吉田 尚令 繪
李彥樺 譯

書的種子，
流進了「下雨的書店」製書室。
那是遭人遺忘，
沒有得到「劇終」的故事們。

在製書室裡，
王國的故事已經進入最後階段。
就在這本偉大的書
即將誕生之際……

一道奇妙的影子，

追尋著持筆者，
進入了裂縫世界。
特技、魔術、走鋼索……
影子帶著各種精采的表演，
正在尋找發揮的舞台。

筆尖下的後空翻，
紙上的危險空中鞦韆，
接下來會去什麼地方呢？
快念出冒險的咒語吧。
「雨啊雨啊，下吧下吧，『下雨的書店』！」

登場人物

露子
人類女孩。
喜歡寫故事。

星丸
幸福的青鳥。
會變身成男孩。

莎拉
露子的妹妹。

舞舞子
古書先生的助手。
是個精靈使者。

本莉露
曾經是自在師的女孩。
喜歡閱讀故事。

古書先生
曾經滅絕的渡渡鳥。
「下雨的書店」老闆。

書芊、書蓓
舞舞子的精靈。

七寶屋老闆
用各種奇特商品做
生意的青蛙。

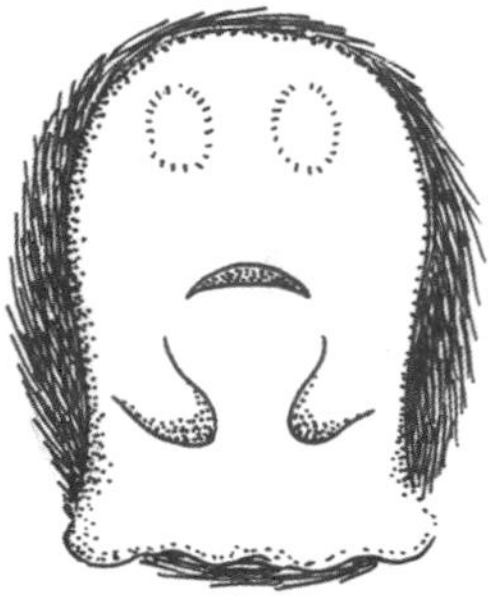

靈感先生
以作家為業的鬼魂。

電電丸
雨童。
舞舞子的親戚。

浮島先生
「王國」的幻想者。

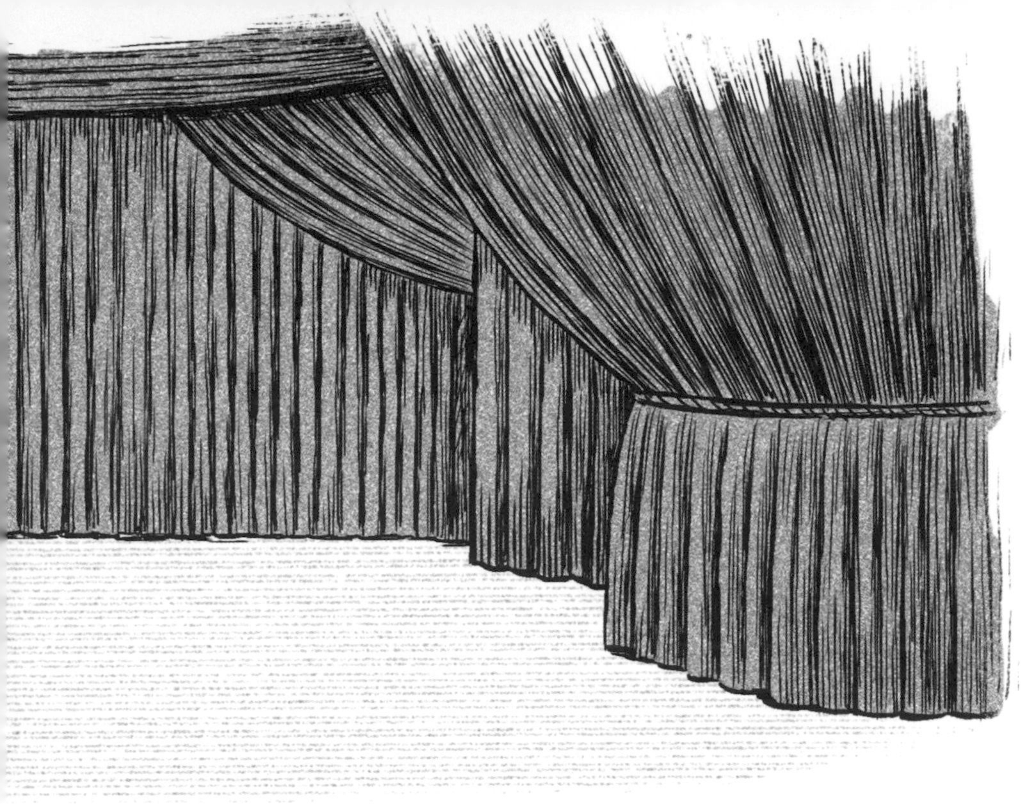

目次

一 圖書館的熟悉走道

『……接下來，該前往海底的最深處了。

在海底的沙子上，聚集了一群水母，牠們正在建造城堡。那透明的玻璃城堡，將成為人魚國王的住處。

聽說那有如冰塊般的玻璃碎塊，是從河川盡頭撿來的，將成為尖尖屋頂的瓦片。』

外頭的雨聲彷彿滲進了圖書館，沉重的空氣正適合讓人與書本一起呼吸。

窗外下著綿綿細雨。在大片烏雲的另一頭，太陽的光柱從雲層縫隙中微微透出，以它閃閃發光的前端，不斷逗弄著窗戶玻璃上的雨滴。

一個小女孩弓著背，專注的坐在書桌前。小女孩的頭上綁著雙馬尾，看起來距離成年還很遙遠，身旁卻堆疊著一座又一座的書堆，幾乎將她嬌小的身體淹沒，這麼多本書就算是大人也讀不完。

小女孩拿著鉛筆，全神貫注的在筆記本上寫字。她的動作乍看之下好像下筆如飛，但只要仔細觀察那搖搖晃晃的鉛筆尾端，就會明白她筆下的每一個字都擠得相當痛苦。

不一會兒，筆記本上多了這麼一段文字。

『可是，有一件事讓我很困擾——

那就是我在水裡沒有辦法呼吸。即使是川狼，似乎也沒辦法自由進入大海的鹽水中。

正當我一籌莫展的時候，有個聲音傳了過來。那個聲音是從一個瓶子裡傳來的，而且那個瓶子幾乎掩埋在扁平波濤送來的沙子裡。

「如果想要潛入波濤之下，可以在這裡靜靜等待菊石之夜到來……」

是誰？我嚇了一跳，急忙把那個瓶子從沙子裡挖出來。那是一個淡藍色的玻璃瓶，瓶子裡有一個金色的發條音樂盒，從那個音樂盒裡傳出來的聲音，聽起來簡直就像是人類在說話。

「菊石之夜？那得等多久？」

我向瓶子詢問，但是音樂盒的發條已經鬆了，我聽不見任何回答。瓶口實在太小，我沒辦法把音樂盒拿出來，也沒辦法把手伸進去上緊發條。我考慮過乾脆摔破瓶子，但又怕裡頭的音樂盒會因此受損，再也無法發出聲音。

一時之間，我不知道該如何是好……』

露子呼出一大口氣，將臉從寫滿文字的筆記本上抬起。筆記本的頁面上擠滿了鉛筆的黑色字跡，看起來相當擁擠。

一直弓著背寫字的露子，直到這時才伸了伸懶腰。突然間，露子有種奇妙的感覺，忍不住朝左右張望了兩眼。她總覺得好像有人在看自己……但是放眼望去，書桌前方只有一排可以讓人坐著看報紙的沙發，再過去就是一整排的書櫃。大概是錯覺吧。或許是自己寫字寫得太認真，腦袋有點糊塗了。筆記本裡的文字依然擠得像成群的沙丁魚，每個字看起來都想要拔腿逃走，讓露子忍不住懊惱的噘起了嘴。

「姊姊，妳寫完了嗎？」

莎拉跑了過來，她紮在額頭上的那束瀏海，隨著她跑步的動作不停搖晃。莎拉的手上還提著那個縫了貓熊大頭的手提袋，她最喜歡的手提袋外觀鼓鼓的，一看就知道重量不容小覷，她顯然已經挑好了要借的書。

「妳以為寫故事很簡單嗎？不知道的事情太多了，得一邊查資料一邊慢

慢組織文字，這可是很難的事情……」

露子低聲說完，便迅速闔上筆記本，把鉛筆放回鉛筆盒裡。此時露子正在寫一部非常龐大的故事，她拿起一大疊便條紙，在桌面上輕敲邊緣，將整疊紙整理整齊。這些便條紙上寫著無數文字，都是從桌上那疊書裡抄寫出來的內容。露子拿起文件夾，將整疊便條紙夾好，接著將書本一一放回書櫃上。莎拉也在一旁幫忙，將厚重的書本擺進書櫃。露子感覺指尖有些痠麻，到底要花多久的時間，自己寫的故事才能和這些書一起擺在書櫃上呢？露子不禁覺得自己包包裡那本寫著故事的筆記本，跟這些書的印刷字體比起來，實在是太渺小了。

「莎拉，書都放回去了嗎？好，我們走吧。」

露子一站起身，莎拉便喜孜孜的跳了起來，貓熊手提袋也跟著微微搖擺。

露子與莎拉拿著自己的包包，迅速穿過書櫃之間的走道，專挑圖書館深處一個人都沒有的地方走。

她們來到「政治經濟」的書籍分類牌下，走進沒有人的書櫃通道，接著在對望後一同蹲到地板上。莎拉從口袋裡掏出一個桃紅色的蝸牛。那是一個以螺貝及鐵絲製作而成的蝸牛公仔，但是露子和莎拉只要在圖書館內念出咒語，那個蝸牛公仔就會像活著的生物一樣動起來。

那個咒語就是：

「雨啊雨啊，下吧下吧，『下雨的書店』！」

蝸牛公仔以銀色鐵絲製成的觸角微微顫動，接著豎立了起來。兩根觸角就像是纖細的天線，指著正前方。柔軟的腳從桃紅色螺貝裡探出頭，像溜冰一樣在地板上快速滑行。

露子與莎拉趕緊追了上去。兩人各自抓著自己的隨身物品，全神貫注的看著蝸牛的背影……市立圖書館內出現了奇妙的迷宮，通道兩側的壁面是高得嚇人的書櫃，每一個書櫃裡頭都塞滿了巨大的書本。兩人就這麼在書櫃間的通道上全力奔跑。

她們都很清楚蝸牛會帶自己前往何處，所以內心並不焦急。只要小心追隨蝸牛的引導，不要跟丟就行了。

蝸牛帶著兩人在書櫃迷宮裡左彎右拐，穿過了十條路的交叉口，複雜的迷宮終於變成一條長長的走道。

蝸牛持續朝著前方滑行，走道的盡頭出現一扇小小的木門，門上刻著彎彎曲曲的美術字。

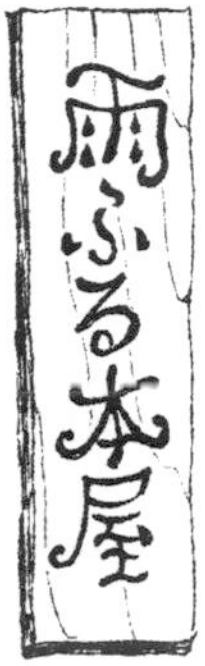

（下雨的書店）

露子與莎拉打開木門走了進去。

迎面撲來雨水、青草，以及書本的氣味。絲絲細雨正從天花板上輕柔的飄落，這裡就是「下雨的書店」。

地板上長著翠綠的青草，每個書櫃都是由扭曲的樹幹製成，姿勢一棵比一棵古怪。書櫃上除了書本，還擺放著人偶、裝在瓶子裡的糖果、礦石、木雕玩具、筆筒以及小小的金魚缸。抬頭可以看見各式各樣的東西自天花板垂吊而下，有星星的模型、月球儀、真的會動的仿製高層雲，以及薰衣草色的鯨魚。

「舞舞子姊姊，午安！」

一抵達目的地，蝸牛就變回了原本的蝸牛公仔。莎拉拾起地上的蝸牛公仔，同時高聲打招呼。舞舞子是精靈使者，同時也是「下雨的書店」的助手。露子與莎拉每次走進「下雨的書店」，總是她率先走過來迎接兩人。

但是今天的狀況有點不同……

舞舞子的兩個精靈——書芊、書蓓翩翩飛了過來，背後的羊皮紙披風上下翻舞。這兩個精靈都有著鵝蛋臉，就像是同一個模子印出來的。她們的身上穿著小丑裝，藍色的是書芊，紫色的是書蓓。

兩個精靈的臉上都帶著煩惱的表情，但她們還是微微搖晃著頭上的三叉帽，朝露子及莎拉鞠躬行禮。

「怎麼了？舞舞子呢？」

露子將臉湊向兩個精靈。只見她們愁眉苦臉，眨了眨藍寶石色的雙眼，伸手指向店內深處。

「下雨的書店」的正中央，長著一棵非常巨大的桃樹。粗壯的樹幹上，延伸出一叢叢的枝葉。幾乎頂到象牙色天花板的茂盛綠葉，正盛接著絲絲落下的雨水。露子與莎拉各自從包包裡取出事先準備好的雨衣，把它披在身上。在兩名精靈的引導下，走向桃樹的樹根。

舞舞子倚靠著樹幹，目不轉睛的看著一本尺寸袖珍的書籍，完全沒有瞧露子與莎拉一眼。她穿著一件裙襬極長的青苔色洋裝，一動也不動的，看起來既像是美術館裡的雕像，又像是巨大油畫裡的人物，唯獨懸浮在棕色鬈髮周圍的珍珠，依然不停的左右飄動。

「舞舞子？」

露子與莎拉在後方喊了她一聲。舞舞子似乎嚇了一跳，穿著洋裝的肩膀微微抖了一下。她抬起頭，回眸看向露子和莎拉，在她那碩大的瞳孔內，搖曳著藍中帶金的燦爛黃昏色澤。

「啊！露子、莎拉，歡迎妳們……真是的，我竟然沒有發現妳們來了。」

直到剛剛為止，舞舞子一直聚精會神的看著手上的書本，此時她卻闔上了書頁，彷彿故意以手掌蓋住書，不想讓兩人看見。

莎拉沒有理會舞舞子既害羞又尷尬的表情，探頭探腦的望向那本書的封面。

「這是什麼書？」

莎拉的語氣相當興奮，因為平常總是隨時注意客人及店內狀況的舞舞子，竟然會看書看得如此入神，這肯定是一本非常有趣的書。

「露子、莎拉，我沒向妳們打招呼，真是太糟糕了。」

舞舞子一臉羞赧的摀著嘴，轉身面對露子她們，並且悄悄將書藏進洋裝的袖子裡。

「妳們來啦？」

聲音自店內深處的桌子後方傳來，那裡坐著一隻戴黃色眼鏡的渡渡鳥，他正是「下雨的書店」的老闆——古書先生！

「舞舞子，妳不必這麼拘謹。這兩個孩子跟我們這麼熟了，看書看得太入迷，沒有注意到周圍的變化，這也不是什麼值得大驚小怪的事情。我們以前也是這樣，看書看得太專心，才會沒有注意到那些外來的猛獸，以及遷徙者設置的拙劣捕捉陷阱。」

古書先生巨大的鳥喙上方，戴著鏡片宛如滿月的圓框眼鏡。他以短小的翅膀推了推眼鏡，長嘆了一口氣，臉上眉頭深鎖。

「這就是渡渡鳥滅絕的真相嗎？」露子問。

「咳咳！」古書先生大聲清了清喉嚨，以粗壯的腳往草地上一踏。

「別說那麼多了，我們先到製書室去吧。舞舞子，這段期間麻煩妳準備茶點……得讓妳們兩個看看『下雨的書』目前的進展才行。」

古書先生說完，隨即轉身打開桌子後方那扇比書店出入口更大的門。飄浮在舞舞子身旁的書芊、書蓓旋即飛向古書先生，背上的羊皮紙披風也跟著上下翻飛。等精靈們一離開，舞舞子立刻又翻開那本尺寸袖珍的書，迫不及待的讀了起來。

露子與莎拉各自朝舞舞子瞥了一眼，同時邁開步伐，跟隨古書先生走向店內深處。

二　王國的「下雨的書」

（舞舞子讀的是什麼書呢？她看書看得這麼入神，簡直就跟本莉露一樣！）

露子跟在古書先生後方，走在長滿青苔的走廊上，內心不禁有些懊惱。本莉露是露子她們的朋友，住在這個有「下雨的書店」的裂縫世界裡。

（重點是……）

沒錯，重點是舞舞子明明發現了一本有趣到令她如此著迷的書，卻完全不肯說出書名，不讓露子與莎拉知道那是一本什麼樣的書。

隧道裡到處是飛來飛去的螢火蟲，莎拉跟在露子身後，書芊、書蓓則是坐在莎拉的肩膀上。

走廊的盡頭是一大片寬敞、明亮的空間，整個地面都是湖水，清澈湖水的周圍環繞著玻璃地板，湖面上漂浮著許多睡蓮，每一朵睡蓮的花瓣都像是以玻璃紙交疊而成。隱藏著祕密的高雅花瓣，正不斷盛接著來自天花板的雨水。

湖面的中央，有一朵特別巨大的花，那朵花的花瓣上承載著一本看起來又厚又重的書。

「咳咳！書芊、書蓓，把書拿過來。」

古書先生朝精靈們下令。書芊、書蓓其實是舞舞子的精靈，所以古書先生下達命令的聲音，聽起來有些彆扭。

即使如此，兩名精靈還是乖乖聽話飛過湖面，將那本有著皮革封面的厚重書本搬了過來。

古書先生接下書本，翻開書頁，同時調整角度，讓露子與莎拉能夠看見書中的內容。

「哇，已經寫了這麼多啊？」露子吃驚的說。

大量的文字宛如在書頁上舞動，裡頭還包含了一些五顏六色的美術字體。一頁頁翻下去，有些頁面還有插畫。莎拉興奮的說：

「好漂亮！這張圖也是靈感鬼哥哥畫的嗎？」

莎拉指著一幅插畫這麼問。畫裡有一座高塔，矗立在波濤洶湧的海面上，塔上有個人正在拉小提琴，此外還有一群小矮人坐在以胡桃殼製成的船上，朝著高塔前進。插畫採用五色印刷，看起來活靈活現，彷彿隨時都會動起來。

古書先生搖搖鳥喙，顯得有些洋洋得意。

「這不是鬼魂的創作。不管是文字還是插畫，都是來自雨水的力量。就這一點而言，這本書和其他『下雨的書』沒什麼不同，唯一的差別在於鬼魂先寫了故事的底稿，雨水才透過底稿滲入書本之中。換句話說，鬼魂的底稿就像是過濾器，只讓符合王國故事的雨水通過。」

兩人口中所說的鬼魂，指的是住在「下雨的書店」裡頭的作家。為了完成這本誕生後卻沒有任何內容的書籍，鬼魂現在應該正窩在寫作室內埋首創作。

「下雨的書」是由「下雨的書店」製作的書籍，完成後會陳列在店內的書櫃上。當人類創作的故事沒被賦予「劇終」，在半途遭到遺忘，便會形成「故事種子」。「下雨的書店」用雨水培育這些「故事種子」，使它們成長為書籍。

古書先生手上這本看起來特別氣派的書，也是經由這個方式培育出來的。不過令人吃驚的是，這本書剛誕生的時候，上頭沒有任何文字。露子等人遇見這本書（名為「王國」的巨大想像故事）的幻想者時，雙方約定好要完成這本書。王國的幻想者是浮島先生，他與露子和莎拉一樣，都是在外面世界生活的人。

「具體的作法，是把鬼魂寫的底稿夾在書頁之間，然後把書放在製書室的花朵上。妳們看看，現在書已經成長到這個程度了。」

「嗯、嗯。」莎拉邊聽邊點頭，但是露子實在很懷疑她是不是真的聽懂了。畢竟就連露子自己，在聽了說明之後也是似懂非懂。

「不過書裡空白的頁面還有很多，不知道要花多久的時間才能完成。」

露子一邊隨手翻看，一邊歪著頭說。

「呵，」古書先生突然「哼」了一聲說：「妳以為完成一本書很容易嗎？要寫出一本書，得先創作出比書本內容更多的文字及插畫，並且參考大量的學說及劇情……再刪去多餘的部分，剩下的內容才能成為一本書。正因為每一本書都是經過細心推敲琢磨才完成的作品，所以才能擁有那麼長的壽命。這就像寶石工匠在打磨一顆寶石，得先磨掉所有的雜質才行。」

露子的手忍不住摸向藏在雨衣下方的包包。剛剛露子在圖書館裡寫個不停的筆記本，此時就放在包包裡。露子寫在筆記本上的內容，是她所想像的王國故事……雖然她寫下了劇情，卻沒有自信配得上那本氣派的書，所以一直沒有拿給古書先生及鬼魂看。

在創作王國故事的期間，露子只是不斷遞送筆記，那些都是有可能對鬼魂撰寫故事有幫助的資料，例如：一些詞句、圖畫或是圖鑑裡的文字描述，只要是露子認為或許能成為故事養分的內容，她就會在圖書館裡抄寫下來，遞送給鬼魂。畢竟王國的幻想者——浮島先生是外面世界的居民，但鬼魂沒有辦法離開裂縫世界，一定會有他沒有辦法知道的相關知識。

「應該叫浮島先生常來光顧我們『下雨的書店』，可惜他經營樂器店好像很忙，沒有辦法撥出時間……話說回來，現在舞舞子成了那個樣子，就算浮島先生來了，恐怕也沒人端茶招待他。」

古書先生懊惱的皺起眉頭。此時，書芊、書蓓同心協力將那本又厚又重的書，重新搬回湖面中央的花朵上。

「舞舞子姊姊只是在看書而已，不是嗎？」

莎拉吃驚的抬頭看向古書先生，古書先生卻意有所指的搖了搖頭。

「看書當然不是問題，但舞舞子看的是……一本糕點食譜。」

「原來那是糕點食譜嗎？」

露子忍不住發出詫異的叫聲。古書先生的表情，看起來更加凝重了。

「沒錯……本莉露在丟丟森林尋找要看的書時，舞舞子剛好從書櫃上取下了那本書。」

「舞舞子應該沒有不會製作的糕點吧？」

舞舞子的身上穿著由苔蘚及蜘蛛絲製成的洋裝，每當她從洋裝的袖子裡抽出魔法桌布，就可以在眨眼間變出一整桌世界上最美味的茶水及糕點。舞舞子的茶點，總是能讓露子和莎拉興奮不已。

古書先生聽了那句話，眉間的皺紋反而更深了。

「那本食譜上記載的，都是連舞舞子也製作不出來的超高難度糕點。據說因為太過困難，能夠製作出來的人寥寥可數。舞舞子是精靈使者，又是『下雨的書店』的助手，她似乎很煩惱該不該先將工作丟到一旁，挑戰製作那個食譜上的糕點……」

「為什麼不乾脆製作看看？」

聽到露子的提問，古書先生搖了搖他那粗大的鳥喙說：

「我這個助手有相當頑固的性格，她似乎不斷說服自己，她的職責不是製作那些艱難的糕點，而是像平常一樣為大家準備茶點……不過任誰都看得出來，她非常想要挑戰那個糕點。因為她很迷惘，整天都失魂落魄的，到頭來反而沒辦法像平常一樣準備茶點。」

露子與莎拉錯愕得瞪大了眼睛。書芊、書蓓沮喪的坐在莎拉肩膀上，她們頭上的三叉帽尖也有氣無力的垂了下來。

「總而言之，我先去寫作室找鬼魂談一談，這次我又從圖書館裡幫他查來了很多資料。」

聽完露子的話，古書先生也叼起水燃式菸斗，用翅膀前端搔了搔額頭說：

「好，妳去吧。話說回來，鬼老弟雖然幹勁十足，但看得出來有些疲累。如果可以，我實在很想讓他喘口氣稍微放鬆一下，偏偏舞舞子變成了那副德性……唉，這情況真是莫名其妙。原本看書應該是世界上最美好的事情，怎麼會搞得這麼複雜？」

古書先生一邊說著，一邊從粗大的鳥喙吐出宛如肥皂泡泡的七彩煙霧。

三　超困難的糕點食譜

一行人回到店內時，舞舞子正在認真擦拭擺在書櫃上的糖果罐、陶瓷人偶、礦石，以及水中花的玻璃瓶。

「你們回來啦！」

或許是因為露子與莎拉剛來的時候，舞舞子沒有及時打招呼，所以這次她打招呼時喊得加倍慎重。露子不希望舞舞子把這件事放在心上，所以盡可能以開朗的口氣回答。

「我們回來了！那本書上多了好多文字和圖畫，讓我們嚇了一大跳呢。」

莎拉從露子旁邊走過，上前抱住了舞舞子。舞舞子被她這麼一抱差一點摔倒，忍不住呵呵笑了起來，圍繞在她鬈髮周圍的珍珠顆粒也跟著翩翩起舞。露子和兩名精靈見狀，都暗自鬆了一口氣。

書芊、書蓓立刻從書架上取來一本書，放到露子她們的面前。那是一本有著白銀色封面的書籍，書名是《寫作室》，摸起來的觸感就像毛玻璃一樣，作家鬼魂就在這本書裡寫作。

「驚人的專注力！」

「全神貫注寫作中！」

「蜂蜜牛奶！蜂蜜牛奶！」

「快！給我一些薄荷巧克力和麻花焦糖！」

「不給我點心，我就要死了！」

封面上頭貼滿了標籤，每張標籤上都以黑色墨水寫著不同的字句，看起來簡直就像是寫著咒語的符紙。

古書先生晚眾人一步回到店內。露子與莎拉確認古書先生坐回那張桌子後方，開始閱讀一本厚得嚇人的書籍，這才翻開《寫作室》的封面。書籍封面就是寫作室的入口，內頁的紙張都像玻璃紙一樣透明，上面沒有任何文字。

翻開封面的瞬間，奇妙的機關便開始運作，露子和莎拉像是受到強風吹拂的水滴，一邊旋轉一邊被吸進書本裡。

一眨眼，等露子與莎拉完全睜開眼睛時，兩人已經置身在寫作室內。

銀色的泡沫不斷升上天花板，圓頂狀的房間從牆壁到天花板都是書櫃，上頭塞滿了數不清的書。各種魚類及水母在淡藍色的空氣中游泳，地板上鋪著透明的碎石，粉紅色及青綠色的水草自碎石的縫隙間探出頭來，不停的輕輕擺動，看起來悠閒自在。

在這個宛如雪花球[1]的房間正中央，有一張相當大的寫字桌，周圍環繞著許多長著長長魚鰭的魚類，以及彷彿正陷入沉思的透明水母。

「靈感鬼哥哥！」

莎拉這麼一喊，原本聚集在桌子周圍的魚群瞬間倉皇逃散，水母們則是輕飄飄的朝天花板的方向慢慢懸浮而上，看起來似乎沒有受到太大的驚嚇，但也離開了原本的位置。唯一還留在原地不動的，是一團蠟白色的東西。那有如大海怪的光滑背影，正是坐在桌子前的鬼魂作家。

看起來像是透明塑膠袋的鬼魂，正駝著背窩在寫字桌前，連瞧也沒瞧露子與莎拉一眼。他幾乎將整個身體黏在桌子上，看來正在專心寫稿。

「吃的東西放到桌上就行了。」

鬼魂完全沒有回頭，只是扯開嗓子說了一句話。寫字桌旁邊的地板上，胡亂堆放著空的玻璃容器、餐盤、杯子、叉子，以及包裝紙，看來都是鬼魂一邊工作一邊大吃大喝留下的垃圾。

「靈感，我帶了這個給你。」

露子走向鬼魂緊黏著不放的桌子，把自己帶來的一整疊便條紙放到桌上。此時桌面早已堆滿大量的紙張，從側面看過去，簡直就像是地層剖面圖。有些紙張上頭寫著廢棄不用的故事內容，有些寫著沒人看得懂的扭曲文字，除此之外，還有什麼字都沒寫的白紙。

鬼魂終於抬起了頭，他那對眼珠閃爍著青白色的光芒，手上的紅銅色羽毛筆忽然強而有力的彈了一下。那是不死鳥的羽毛筆，不管寫再多字，都不需要補充墨水。

「嗨，原來是妳們，我完全沒注意到呢。畢竟我是作家，一開始寫作就什麼也顧不得了！」

「寫得如何？故事快完成了嗎？」

露子問完，鬼魂便從椅子上飄起來，轉了轉他那有如水母的身體下襬，下一秒又像洩了氣的皮球一樣飄落，伏倒在桌面那宛如地層的大量紙堆上。露子

1　一種裝有雪花或景觀的玻璃球，通常會在晃動或搖晃時產生雪景效果，是一種受歡迎的手工藝品或紀念品。

為了取出便條紙而暫時放在桌子角落的包包，也差點被他擠落。

「……我快餓死了。」

鬼魂唉聲嘆氣的說，語氣可憐得就像是被拋棄的小貓。

「靈感鬼哥哥，你還好嗎？地上這些空碗盤……應該都是你吃的吧？怎麼還會肚子餓？」

莎拉一邊憂心忡忡的撫摸鬼魂的背部，一邊看著地板上的各種容器。有的容器上頭還殘留著鮮奶油，或是蜂蜜蛋糕的碎塊。

鬼魂將一邊的臉頰貼在桌面上，哽咽著說：

「沒錯，這些都是我吃的……但那已經是三天前的事了！這幾天舞舞子完全沒有送點心給我！」

鬼魂放聲哭泣，彷彿要把喉嚨喊破似的。

「古書先生曾經幫我送過一次茶和點心，但是那傢伙完全搞不清楚狀況！畢竟他是一隻渡渡鳥，他給我的點心是帶殼的核桃、帶枝葉的櫻桃，以及一整顆完全沒切的南瓜。不止如此，他似乎以為所謂的喝茶，就是將一大把茶葉配水吞下肚。那傢伙一天到晚都在看書，照理來說應該懂很多事情才對，沒想到

他對飲食的事竟然一竅不通！」

露子與莎拉聽傻了，互相看了彼此一眼。沒想到舞舞子在嘗試製作糕點上猶豫不決的問題，竟然牽連出這麼多麻煩。

「你的意思是，你不吃點心就沒有辦法寫作嗎？」

被露子這麼一問，鬼魂忽然舉起又圓又胖的雙手摀住臉，發出古怪的「吱吱」一聲。他硬是把嘴角往左右拉扯，勉強擠出笑容，接著才放下雙手說：

「好了，讓我看看妳幫我蒐集的資料。啊，太棒了！我正好需要樂器的資料，這個筆記對我很有幫助！畢竟浮島先生從小就很喜歡樂器。對了，妳不是也在寫王國的故事嗎？差不多該讓我看一下了吧？我們互相把自己寫的故事給對方看吧？」

鬼魂以閃閃發亮的雙眼看著露子。露子遲疑了一下，從包包裡取出筆記本，塞進雨衣的口袋。

「……我第一次寫故事，沒辦法寫很快，只寫了一點點而已。等我寫多一點，我一定會給你看。靈感先生，不如你先把你的給我看吧。」

此時，一條身上有著條紋圖案的魚，游到了莎拉耳邊，不斷輕觸她的耳朵。莎拉強忍著笑意，身體扭來扭去。

鬼魂臉色蒼白，簡直像是被人拿白色粉筆塗過一樣。

「呃……那個……那個……」

「我寫了不少……我當然寫了不少……可是呢……呃……」

勉強拉開的嘴角逐漸往下掉，又變回了剛剛愁眉苦臉的表情。

「早知道……早知道要吃這種苦……我寧願回到丟丟森林尋找故事種子，那段日子比在這裡好一百倍！這都要怪舞舞子，她突然說什麼想要製作過去從來沒有嘗試過的新糕點。我對她說：『妳原本的糕點就很棒了，不用再嘗試什麼新的糕點』……沒想到她聽我這麼說，反而更加拿不定主意！後來我才知道，在我說那句話之前，古書先生曾對她說：『如果妳想挑戰什麼新糕點，就應該勇敢行動』……我給的意見和古書先生完全不同，舞舞子卡在中間，反而不知道該如何是好！唉，好希望舞舞子能像以前一樣繼續送茶點給我，不是什麼新糕點也沒關係！我受不了這種日子了，這可以說是『下雨的書店』開店以來的最大危機！」

鬼魂一口氣說完一大串話，接著又趴回桌面，嚎啕大哭起來。露子與莎拉頓時慌了手腳，趕緊在鬼魂的背上輕拍安撫。

「好了，你別哭了。不管舞舞子會不會挑戰製作那個困難的糕點，最後她一定會變回原本的舞舞子，你再忍耐一陣子吧。」

露子雖然嘴巴上這麼安慰鬼魂，心裡也沒什麼自信。鬼魂是「下雨的書店」的專屬作家，舞舞子竟然會忘記為他送茶點，可見該不該挑戰新糕點在舞舞子心中真的是個非常嚴重的問題。與此同時，露子也不禁感到好奇，那個新糕點的製作方法到底有多難，能夠讓舞舞子如此煩惱？該不會為了製作那個新糕點，舞舞子得請假好幾天吧？如果是的話，那可是不得了的大事。

（真是的！現在最重要的事情，不是要完成浮島先生的故事嗎？）

莎拉從剛剛就一直露出驚惶失措的表情，似乎不知道該如何是好。好幾條魚不停輕觸她的臉頰、耳朵，以及白色雨衣，似乎在為她擔心。

「乾脆我去外面的世界幫你拿一些吃的進來，順便也幫古書先生帶一點吧。舞舞子曾經說過，人類的糕點很稀奇，或許她看見我帶回來的點心，會放棄嘗試食譜上的糕點也說不定。」

鬼魂一聽，兩邊的臉頰頓時綻放出耀眼的白光。他整個人跳到天花板附近，看起來就像是一顆明亮的電燈泡。

「哇！真的嗎？妳願意這麼做嗎？既然如此，妳還在等什麼？趕快出發吧！對了，上次妳帶回來的水母饅頭，我好想再吃一次！」

「那是季節限定的商品，我不知道現在還買不買得到。」

而且以她手頭上的零用錢，恐怕沒辦法讓每個人都吃到水母饅頭。鬼魂露出一副樂不可支的模樣，彷彿露子心中的煩惱完全不關他的事。他把羽毛筆當成指揮棒一樣搖來搖去，整個人從椅子上飄了起來，在空中不斷翻滾。

「真是拿你沒辦法……」

露子嘆了一口氣，朝一旁摸不著頭緒的莎拉肩上一推，開口說：

「看來也只能這樣了。莎拉，我們走吧。」

「呵呵呵，等我吃了點心，一定會精神百倍，三兩下就能把王國的故事寫完了！」

鬼魂笑嘻嘻的說著。他在空中東飄西盪，簡直像是斷了線的氣球。

莎拉點點頭，姊妹倆便離開了寫作室，接著又離開「下雨的書店」，回到市立圖書館。

四　茶會的邀約

一走出市立圖書館的玻璃自動門，露子就聽見了颼颼風聲。抬頭一看，天上的雲層低垂而厚重，動作如果不快一點，等等恐怕就要下起大雷雨了。

「看來沒辦法去日式點心鋪了……」

就算勉強去店鋪買了水饅頭，要在大雨之中帶回市立圖書館也不容易。因為水饅頭很難保持完整，而且莎拉淋了雨可能會感冒。

露子與莎拉各自戴上雨衣的帽子，在逐漸增強的雨勢中邁開大步，走向距離市立圖書館最近的糕餅鋪。那裡當然買不到舞舞子製作的奇妙糕點，但至少能讓鬼魂解解饞。露子心想，只要拿出自己所有的零用錢，應該夠買一塊精緻的蛋糕，還可以再幫莎拉和星丸買一點小餅乾。

叮噹！叮噹！

露子正要伸手打開西式糕餅鋪的店門時，沒想到那扇門剛好被人從內側向外推開，門口的金色鈴鐺也隨之發出清脆的聲響。

露子與莎拉一看見從店裡走出來的人，頓時發出了尖叫聲。

那個人穿著黑色外套，鬍子修剪得整整齊齊，臉上還戴了一副黑框眼鏡，他就是那個龐大王國故事的幻想者——浮島先生！

「嗨，沒想到會在這裡遇上妳們！」

浮島先生看見露子姊妹，似乎也嚇了一跳。他的手上拎著一個白色盒子，裡頭大概放著剛剛才買的糕點。

「可能是生日蛋糕。」莎拉對露子說悄悄話，她的身體有一半躲在露子的身後。

浮島先生聽見了，笑著說：

「這不是生日蛋糕，是伴手禮。我正要去『下雨的書店』拜訪。妳們呢？要回家了嗎？」

露子驚訝得睜大了眼睛。

「我、我們也正想買一些點心去『下雨的書店』。浮島先生，你知道嗎？舞舞子最近……」

露子滔滔不絕的說了起來。浮島先生在她的背上輕輕一推，同時從傘架裡拿出一把黑色大雨傘，把它撐了開來。那把黑色大傘看起來相當沉重，雨滴打在傘面上的聲音特別低沉。露子與莎拉各自拉好雨衣的帽子，走在浮島先生撐起的黑色雨傘下，感覺就像是在一棵大樹下避雨。

「靈感一直吵個不停，說他沒有辦法專心寫作。唉，不過這是他的老毛病了，我真正擔心的不是他而是舞舞子。我們今天剛走進店裡的時候，她一直盯著書看，竟然完全沒有察覺到我們來了。我看她一個人非常煩惱的樣子，有點擔心這樣下去會出事。」

「出事？什麼樣的事？既然舞舞子這麼煩惱，可見她想製作的那個糕點，對她來說一定相當重要。舞舞子就像魔法師一樣，能夠變出熱茶及糕點，我想她的魔法或許正要進入全新的境界也說不定。我不知道實際的狀況怎麼樣，但幸好我買了一些伴手禮。」

露子只顧著說明「下雨的書店」發生的狀況，完全忘了自己原本也打算要購買蛋糕。

「姊姊！靈感鬼哥哥這下子應該能打起精神了！」

莎拉興奮的說著，頭上的瀏海髮束不停的搖晃。露子一聽，這才想起自己回來這裡是要買糕點，不過就像莎拉說的，有了浮島先生的伴手禮，應該就能解決鬼魂嘴饞的問題，專心寫作吧。

「我很久沒去拜訪了，希望古書先生沒生我的氣。」

三人來到了圖書館。浮島先生收起雨傘，把傘插入門外的傘架裡。多虧有他這把黑色大傘，露子和莎拉的雨衣幾乎沒有淋溼。

「快點、快點嘛！」

露子與莎拉原本都在催促手上拿著糕點的浮島先生，但是圖書館的玻璃自動門一打開，兩人便不約而同的閉上了嘴巴，因為在圖書館裡要保持安靜。

忽然間，露子聽見了「咚」的一聲輕響，原來是一枝筆從自己的口袋裡掉了出來。露子想不起自己是在什麼時候把筆放進了口袋，或許是當初在鬼魂的寫作室內急著把筆記本塞進口袋，所以連同這枝筆也一起塞了進去。這枝筆看起來是一根透明的玻璃棒，但它其實是一枝非常特別的「隨心所欲墨水筆」。露子在裂縫世界使用它時，墨水的顏色會隨著書寫的內容而改變。露子趕緊蹲下來，想要撿起這枝寶貴的筆……就在這時，露子感覺好像有人在看自己，於是她維持蹲著的姿勢抬頭仰望四周。圖書館裡一片寂靜，每個人都在專心閱讀自己手上的書。

（是我多心了吧。）

露子將這枝透明的筆小心翼翼的放進口袋深處，接著趕緊追上莎拉及浮島先生。

就這樣，他們三人走進了圖書館內的祕密通道。

露子和莎拉帶著浮島先生一回到「下雨的書店」，聽到的第一句話就是興奮的問候。

「嗨，我等你們好久了！」

懸吊在天花板附近的薰衣草色鯨魚旁邊，有一隻琉璃色小鳥正在不斷拍動翅膀。

「星丸，你也來了啊？」

露子這麼一喊，那隻青鳥便開始頑皮的在店裡大繞圈子，同時發出清脆的鳴叫。仔細看那敏捷穿梭的藍色鳥影，隱約可以看見額頭上有一顆白色星星。古書先生依然坐在桌子後方，閱讀他那本超厚的巨大書籍。只見他不耐煩的板起了臉，顯然是覺得說話聲和振翅聲實在太吵了。

原本臭著一張臉的古書先生，一看見站在露子與莎拉後面的人，登時瞪大了滿月眼鏡後頭的一對眼珠。

「噢！浮島先生來了！」

古書先生搖晃著尾巴的羽毛，朝著三人的方向跑來。但是渡渡鳥的腳實在太短，跑起來相當吃力。

舞舞子忙著整理被星丸弄亂的擺飾，所以沒有盯著那本袖珍版書籍看。不過此時她也睜大了黃昏色的雙眸，以手掌捧著自己的臉頰說：

「哇！是浮島先生耶！」

「真高興看到你，我正在等你來呢！王國的故事差不多該讓你看看成果了。」

「各位，好久不見了……啊，這棵桃樹又變大不少呢。」

浮島先生伸出手，握了握古書先生的翅膀，接著環顧店內，露出一臉懷念的表情。長到天花板高度的沙漠桃，有著茂盛的枝葉，每一片綠葉似乎都在靜靜呼吸著。

星丸快速鼓動翅膀，

停在沙漠桃的樹枝上。

「要吃點心了對吧？我肚子餓死了！」

星丸似乎早已猜到浮島先生帶來了伴手禮。書芊、書蓓輕輕拉了拉精靈使者舞舞子的鬈髮，舞舞子點了點頭，凝視著長滿青草的地板中央，不一會兒，那裡便冒出了一朵白色的香菇。白色的香菇迅速變大，平坦的傘蓋變成了一張桌子。

舞舞子用手掌抵著下巴沉吟了一下，接著從綠色的袖口取出一條桌布。大家看到她這熟悉的動作，全都鬆了一口氣，就連莎拉也親熱的拉著浮島先生的手掌猛搖，完全忘記自己跟浮島先生已經好一陣子沒見面了。

舞舞子以流暢的動作攤開桌布。那是一條深群青色的桌布，上頭繡著銀色的星星及月亮，有時還會看見微風拂過深邃的夜空，以及帶著長長尾巴的閃耀流星。

在星辰圖案緩慢流轉的桌布上，出現了好幾個碩大的馬克杯，整間店內頓時瀰漫著一股可可的香氣。從天花板降下的雨水會自動避開桌面，所以完全不用擔心飲料會因為雨水變涼或味道變淡。一顆顆溫熱的爆米花被一條絲線串起，裝飾在桌上，看起來就像是一條長長的項鍊。接著舞舞子拿起浮島先生帶來的那盒伴手禮，放在爆米花的中間。

打開盒蓋一看，裡頭整齊排列著好幾條閃電泡芙，每一顆閃電泡芙都擺在銀色的紙墊上，裡頭夾著雪白的生奶油及卡士達鮮奶油，外頭裹著光滑油亮的巧克力脆皮。撒在巧克力脆皮上頭的可食用裝飾銀粉，與桌布上的星辰互相輝映，彷彿當起了好朋友。

「哇，好漂亮的糕點！謝謝你特地買了這麼多給我們當點心！」

舞舞子的雙眸閃爍起藍中帶金的光芒。

「要等靈感鬼哥哥到了才能吃！」

莎拉一邊大喊，一邊轉身奔向書櫃，毫不猶豫的抽出書名印著《寫作室》的那本書。

沒想到莎拉的手才剛碰到封面，書本的內頁突然自己彈了開來，鬼魂如一陣旋風般興高采烈的出現在大家面前。

「點心時間、點心時間，喝茶吃點心了！哇塞，我整個精神都來了！」

鬼魂興奮得高聲歡呼，星丸也發出尖銳的鳴叫聲回應，整間店登時變得吵吵鬧鬧。坐在香菇椅上的浮島先生看得目瞪口呆。

露子數了數盒子裡的閃電泡芙，又數了數店內的人數，她連數了三次，確認沒錯之後才起身說：

「你們先吃，我去叫本莉露。」

「現在出發？」

舞舞子眨了眨她那對有著長睫毛的雙眸。鬼魂早已開始用雙手抓起糕點塞進嘴裡，星丸則是在空中翻了一圈後變成男孩的模樣，爬到桌上將裝著閃電泡芙的盒子拉到自己面前。舞舞子朝他們瞥了一眼，不禁嘆了口氣，對露子輕輕點頭。

露子抬頭望向小型置物架上的精緻紙雕房屋。那棟房屋不管是門扉、暖爐還是樓梯扶手，都是以厚紙板經過巧妙切割及重疊的方式製作而成，看起來簡直就像是真正的房子。露子認真想像自己進入那棟屋子的景象。壁紙及沙發都以顏料畫上了紋路。地毯看上去極為柔軟，實際踏上去才會發現它既光滑又堅硬。插在花瓶裡的鮮花沒有任何香氣，相片架沒有辦法拿起來仔細觀賞……露子靠著正確的方法，讓自己站在紙雕房屋的大門口。

說穿了，就是仔細想像自己縮小之後進入那棟屋子的每個細節。只要這麼做，就能開啟從「下雨的書店」前往丟丟森林的通道。

變成像豆子一樣大的露子，站在置物架上揮揮手，然後打開了以紙製成的房屋大門。

五　詭異的影子

本莉露是個超喜歡看書的女孩，平常都住在丟丟森林。只要使用正確的方法，從「下雨的書店」前往丟丟森林只要一眨眼的功夫，而所謂的正確方法，其實就是想像力（古書先生喜歡稱之為「夢之力」）。

露子獨自走在以厚紙板製成的屋子裡，不管是暖爐裡燃燒的火焰，還是書櫃裡排列得整整齊齊的書籍，甚至是牆上那座老舊時鐘的數字面板及雕刻，全部都是畫出來的。天花板上的電燈和屋子裡的桌子都是平面的圖案，如果從背面看，就會發現那只是切割成各種形狀的白紙。不管是裝在籃子裡的水果，還是放在椅子上的布偶，摸起來的觸感都一樣。

露子走在鴉雀無聲的屋子裡，逐一打開每一扇門。走進客廳的時候，她看見了搖椅及暖爐；走進浴室的時候，她看見了粉紅色及黃色的泡沫；走進廚房的時候，她看見了擺著派的餐桌。

（再從後門走出去，就是丟丟森林了。）

露子感慨的想著，如果真的有這種屋子就好了。雖然屋子裡的每樣東西都只是畫在紙上的圖畫，卻經過精心設計，看得出來創作者對這棟房屋有很特別的感情。露子不禁心想，如果能夠住在這樣的屋子裡，每天坐在暖爐前看書或寫故事，那樣的生活不知道有多棒。

想靠想像力（夢之力）前往丟丟森林，最重要的訣竅就是對自己的想像或幻想不能有絲毫懷疑。一旦產生「現實中不可能有這種東西」的想法，以「夢之力」創造出來的通道就會崩塌，而走在通道上的人會被強大的力量推往沒有人知道的地方。

露子去過丟丟森林好幾次，對「夢之力」的掌握已經駕輕就熟了。照理來說，露子需要做的事情，就只是毫不猶豫的通過這棟屋子。

——咚！

不知道從什麼地方，傳來了一個細微的聲響。露子嚇了一跳，在走廊上停下腳步。

（……多半是莎拉或星丸把屋子拿了起來吧。）

露子按著劇烈跳動的心臟，抬頭仰望天花板。「怎麼可能會有這種事呢？」她的耳畔彷彿有一道聲音對她這麼說。

這棟屋子已經不是擺在「下雨的書店」置物架上的紙雕房屋，而是露子以那個房屋為藍本想像出「通往丟丟森林的通道」。就算擺在「下雨的書店」的紙雕房屋摔落到地板上，對這棟屋子也不會有任何影響。

難道我剛剛不小心想像了有人在這棟屋子的二樓嗎？露子愣愣的站著不動，努力回想這個問題。沒有……剛剛她只有想像如果能住在這樣的屋子裡該有多好……自己根本沒想過這棟房屋有二樓，當然也不可能想像二樓有人。

（啊……不過那個紙雕房屋有樓梯，所以有閣樓房間也很正常！）

露子的腦海中，浮現了置物架上紙雕房屋的模樣。她趕緊甩甩腦袋、屏住呼吸，朝著走廊的另一頭拔腿狂奔。

就在露子即將打開盡頭那扇乳白色的門時，不遠處又傳來了聲音。

「……呼！」

那個聲音確實來自二樓。

露子抬頭仰望天花板。咚……咚……是腳步聲！二樓真的有人！

雖然不知道那個人是誰，但露子很擔心那個人會從樓梯走下來。不知道為什麼，露子並不想被那個人發現。

（別待在這個地方！快去本莉露那裡！）

露子忘了呼吸，在原本應該一個人都沒有的屋子裡拚命奔跑。長靴發出刺耳的腳步聲，但她現在已經管不了那麼多了。

奔出書房，穿過擺放油畫道具及樂器的房間，露子來到一間似乎長期無人使用的房間，裡頭所有的家具都蓋著白布。

白布底下的東西多半是高椅背的椅子、擺著燭台的餐桌，以及雕像之類的東西。這些披著白布的東西擺在空蕩蕩的房間裡，簡直就像是沒有心靈的妖怪。它們明明只是從紙上切割下來的圖案，露子卻有一種錯覺，彷彿那些東西正在悄悄移動，朝著自己慢慢靠近……

要阻止自己別去想像可怕的景象並不容易。明明告訴自己別再想下去，那些想像還是會擅自浮現在腦海裡。

果不其然，那些以白布蓋住的家具，呼應了露子心中的不安。它們在沾滿灰塵的地板上緩慢移動，彷彿拖著沉重的步伐，一步又一步朝露子的方向走。

真是的！露子不由得暗自懊惱，沒想到在這種節骨眼上，自己的想像力反而害了自己！

露子以雙手抱頭，用最快的速度從那些白色妖怪中間穿梭而過。沉重的家具動作緩慢，沒有辦法追上露子的速度。

露子拚命奔逃到可怕房間的另一頭，來到一扇門前。昏暗的燈光使眼前的門看起來一片漆黑，門板上有不少抓痕，門把及鉸鏈都生鏽了。

「哇！」

露子的手從門把上滑下來，讓她忍不住發出了叫聲。或許是因為太過緊張，她的掌心全是汗水，所以沒有辦法握緊門把將門打開。

咚……咚……咚……

不知道從什麼地方，又傳來了略帶遲疑的腳步聲。是從二樓傳來的嗎？不對……聲音不是來自頭頂……而是同一層樓！聲音是從剛剛露子奔跑過的走廊傳來的！房間裡蓋著白布的家具已經慢慢轉過身，繼續朝露子的方向逼近。

露子急忙放開用紙張做成的門把，把掌心的汗水擦在雨衣上。

（冷靜點、冷靜點……門一定打得開……）

露子一邊這麼告訴自己，一邊再度伸手握住生鏽的門把。

五　詭異的影子

六　丟丟森林的愛書人

夜晚清澈純淨的空氣，凝聚在毛玻璃色的枝頭。

露子深吸一口那冷冽而香甜的氣息，先前那些不斷靠近的妖怪、神祕的腳步聲，就連那個以厚紙板製作而成的人偶之家，都已經消失無蹤。

以「夢之力」製造出來的通道，已經完成了它的使命。如今露子穿著長靴的雙腳，已經踩在淺淺的水灘上。眼前是一大片深邃的森林，大部分的地面都覆蓋著一層薄薄的水。從樹身內部散發柔和燈火的乳白色樹幹，每一棵都長得相當巨大。天空一片漆黑，沒有星辰，沒有雲層，也沒有月亮，那幽深的色彩實在太過美麗，因此露子並不害怕。

布滿整個地面的樹根顯現出柔和的銀白色，浸泡在清澈的水中。露子用雙手撐著膝蓋，低頭看著自己的雙腳不停喘氣，直到森林的空氣滲入全身為止。

「露子？」

突然間，四隻黑色的腳進入了露子的視野。

露子吃驚的抬頭一看，那四條腿的主人，是一頭長相有些逗趣、體色黑白分明的動物——棲息在丟丟森林的貘。貘的背上坐著一個綁著辮子的女孩。

「……本莉露！」

女孩的頭上戴著一頂看起來像是包頭巾的帽子。那頂帽子有著黑白條紋，就連裙子也是同樣的花色。女孩的手上拿著一本書，看起來似乎正讀到一半。露子一見到朋友，立刻奔上前去，摟住貘的脖子。即使突然被露子抱住，貘依然一副老神在在的樣子，除非看見星丸，否則牠從來不會露出凶暴的一面。

「妳怎麼來了？今天莎拉沒有和妳在一起？」

本莉露依然是老樣子，

模樣看起來有些恍神。露子搖了搖頭，終於恢復了冷靜。

「莎拉在店裡等我們。浮島先生來了，大家在『下雨的書店』喝下午茶，我們不趕快過去的話，點心會被星丸和靈感吃光的！」

「噢……」本莉露依然一副事不關己的樣子。

「我對點心沒興趣，只對新的書本有興趣。」

本莉露說完這句話，又低頭看起手上的書。

「對了，妳剛剛看到我的時候，有沒有發現什麼怪事？例如奇怪的聲音或是氣息什麼的，總之就是和平常不一樣的現象……」

那個二樓聲音的主人，說不定會追著自己來到丟丟森林……不，應該不會吧？絕對不可能追到這裡來吧？露子向本莉露這麼問，是為了證實殘留在心中的恐懼完全是自己想太多。

然而本莉露沒有任何反應，彷彿沒有聽見露子的聲音，或許她正讀到有趣的地方吧。她的視線不斷在書頁上移動，除此之外沒有其他的動作。至於那頭貘，牠突然將黑色的頭探入水中，張口一吸，吃掉了一團剛好漂來的夢（那團夢看起來光滑Q彈，簡直就像是果凍一樣）。

露子看見本莉露完全不放在心上的態度，反而覺得自己這麼害怕實在是有些滑稽。

（仔細想想，那些蓋著白布的家具會變得像妖怪一樣，其實都是我想像出來的。只要稍微想像可怕的事情，「夢之力」就會將它化為現實。）

露子置身在森林的靜謐氣氛中，愈想愈覺得一定是這樣沒錯。本莉露依然在專心看書，不論什麼時候見到她，她總是在看書。雖然本莉露看起來和露子一樣是個平凡的女孩，她平日卻與貘一起住在丟丟森林裡。

「本莉露，快和我一起去『下雨的書店』吧。」

聽到露子的話，本莉露微微將腦袋歪向一邊點了點頭，卻沒有將視線從書本上移開。只要一開始看書，她就會陷入這個狀態。

「我們走吧，莎拉正等著妳呢。寫了浮島先生王國故事的書多了不少內容，妳也應該到製書室看一看。對了，我們現在面臨了一個大問題，跟舞舞子想要製作的新糕點有關。浮島先生說舞舞子製作糕點的技術正要進入全新的境界，但我不太明白那是什麼意思……本莉露，妳有沒有在聽我說話？」

露子將手伸向騎在貘背上的本莉露，抓住她的手腕，沒想到本莉露繼續用另一隻手抓著攤開的書本不放。一個人看書能夠專心到這個程度，實在是令人佩服。貘抬起牠那有著長鼻子的臉，似乎在疑惑發生了什麼事，露子摸摸牠的鼻子，安撫牠的情緒。

「……好，我馬上跟妳走，但是先讓我看完這一章可以嗎？只剩下一點點了……對了，露子……」

本莉露泥灰色的眼睛，依然在文字上快速遊走。

「妳背後跟著什麼？」

露子聽到本莉露這麼一說，嚇得心臟撲通亂跳，急忙往身後看了一眼。

「……」

眼前只有丟丟森林寂靜而肅穆的空氣，顏色有如毛玻璃的巨大樹木，以及彷彿蘊含著水分的深邃黑色。覆蓋了整個森林的水潭底下，隨處可見緩緩搖曳的各色光團，有明亮的水藍色、濃郁的青綠色、水嫩的紅色，以及充滿夢幻感的黃色。那些光團大多都是「夢」，就像剛剛被貘吃掉的東西一樣。除此之外，還有一些被人類遺忘的「故事種子」。

「妳別嚇我啦！」

此時，露子背後響起嘩啦水聲，她又趕緊將頭轉回來，原來是本莉露從貘的背上下來，黑色長靴踏進了水裡。

「讓妳久等了，我看完了。」

本莉露闔上書本，將書夾在腋下。此時兩人並肩而立，可以看出本莉露和露子不僅身高完全相同，臉頰上的紅暈及眼睛的顏色也一模一樣。

「龍捲風蛋糕。」

本莉露突然這麼說。她在貘的白色肚子上拍了兩下，示意牠自己去找夢吃，於是貘才緩緩走開。

「咦？妳說什麼？」

露子眨了眨眼睛，本莉露臉上的表情卻絲毫沒有改變。

「我說龍捲風蛋糕。舞舞子猶豫該不該嘗試製作的糕點，就是龍捲風蛋糕。那是一種非常高的螺旋狀蛋糕，會像龍捲風一樣把周圍的東西全都捲進去，所以製作的時候要非常小心，一個不注意可能會讓所有東西都被捲進龍捲風裡。舞舞子很擔心，如果製作失敗會毀掉整間『下雨的書店』。不過要是順利完成，那會是非常令人驚奇的蛋糕。聽說在吃蛋糕的時候，它會一直轉、一

直轉、一直轉。」

「一直轉？妳是指什麼東西一直轉？」

「我也不清楚，得吃了才知道。」

本莉露說得輕描淡寫，露子卻聽得目瞪口呆。本莉露是一個很少受到驚嚇的女孩，絕大部分的時候，都是一副正在發愣的樣子。

（……或許只有書裡的內容，才能讓她嚇一跳吧。）

雖然本莉露和露子長得很像，露子卻經常感慨不知道本莉露心裡在想什麼。

本莉露雖然有點讓人捉摸不透，但她畢竟是露子的好朋友。當露子牽起她的手，腦海裡那些可怕的幻想全都消失得一乾二淨。為了回到「下雨的書店」，露子開始專心幻想店內的景象：雨滴不斷從天花板飄落，地板長著青草，現在鬼魂與星丸或許正為了爭奪糕點而吵得不可開交，古書先生則在一旁氣得直跳腳……

露子在腦海裡清晰的想像「下雨的書店」的景象。只要發揮全部的想像力，就能夠把一幅景象的每個細節想得一清二楚。但也正因為這樣，露子在想像的過程中，發現角落好像有一個奇怪的東西。一旦察覺到不對勁，整個注意力就會被吸引過去，這也是很正常的事。

（咦？）

露子覺得自己好像看見了一團白色的小小影子。那肯定不是穿著白色雨衣的莎拉，也不是貌似朦朧水母的鬼魂，因為那個影子看起來比莎拉或鬼魂小得多，身體還覆蓋著一層白毛，頭上有一對又尖又長的耳朵。那影子出現在浮島先生座位的後方，以及書店入口處的小木門前……

露子感覺那道影子好像在拉扯自己。不對，正確來說是露子的想像力，也就是「夢之力」正被拉向遠離「下雨的書店」的方向。

露子與本莉露依然牽著手，當露子回過神來，四周的景色已經不再是丟丟森林了。

七 開幕

兩人來到一間圓形的房間。

周圍有著相等間隔排列的柱子，牆壁有些地方是藍色，有些地方是紫色，到處畫著金色的星星，看起來就像是置身在一個即將被黑夜籠罩的黃昏世界。

腳底下是深麥芽糖色的木頭地板，這裡已經不是剛剛露子和本莉露（以及一頭貘）所在的丟丟森林。

圓形的房間裡沒有家具，只有正中央擺著一張小桌子。奇妙的是那張桌子的桌腳，看起來竟然像是貓咪的腳。露子實在不明白，她們為什麼會來到這個地方，自己明明運用「夢之力」想像了「下雨的書店」，只是中途注意力被角落的小小影子吸引了而已……

除了露子和本莉露之外，房間裡一個人也沒有。

「啊……」

本莉露發出一聲輕呼，但那聲音聽起來相當平淡，感覺一點也不緊張。她放開與露子牽著的手，走向擺放在房間中央的那張桌子。仔細一看，桌上擺著一本袖珍版的書籍。

在這種緊張時刻，露子實在沒興致拿起那本書來看。這個房間不僅沒有

人，裡頭也沒有窗戶和門，換句話說，她們兩人不小心闖進了一個沒有出入口的房間。

「本、本莉露……妳剛剛不是問我『背後跟著什麼』嗎？那句話是什麼意思？」

露子原本以為本莉露說那句話只是想嚇唬自己，本莉露卻泰然自若的看了一眼從桌上拿來的書，接著轉頭面對露子，歪著腦袋說：

「什麼意思？當然就是字面上的意思。這裡也殘留著那個東西的氣息。」

放在這個房間裡的那本書，比本莉露原本在讀的書小得多，只用一隻手掌就可以完全蓋住。本莉露將自己原本讀的書小心夾在腋下，拿著那本小巧的書一下子高高舉起，一下子轉來轉去，將整本書的每個角落仔細打量了一遍。那本書的尺寸雖然很小，但是製作得相當精緻，封面有著藍白條紋，上頭還散布著許多銀色星辰，但是並沒有印上書名。

「這裡到底是什麼地方？」

露子走向拿著書的本莉露，不敢離她太遠。仔細觀察周圍，還是沒有發現任何窗戶或門扉。頭頂上方是以木材封死的天花板，上頭垂吊著一盞散發出橙色光芒的燈。

露子不得不承認，自己和本莉露好像迷路了。這都要怪自己施展「夢之力」沒有成功……她們得趕快返回「下雨的書店」才行。

本莉露沒有答話，只是凝視著書本，她那兩條辮子的前端，輕觸著條紋圖樣的封面。

「或許只要看了這本書，就能知道這裡是哪裡。」

她翻開那本書的封面，動作非常淡定，一點也不緊張。

但是她們還來不及仔細閱讀印刷在頁面上的文字，整個房間忽然發生了奇怪的變化。

「啊啊啊！」

地面忽然劇烈搖晃，天花板和地板彷彿倒轉了過來，讓露子忍不住發出尖叫。不管是本莉露的兩條辮子，還是露子的馬尾，全都朝著天花板翹了起來。當兩人的頭髮各自落回肩上的時候，她們已經置身在完全不一樣的環境裡。

在非常、非常遙遠的地方，隱約可以看見一扇門，或許是因為距離太過遙遠，那扇門看起來非常小，小到就像是一顆小豆子。

有一條筆直的走道，從兩人所站的位置連接到遠方的那扇門。從圖書館前往「下雨的書店」的通道，最後也是一條完全沒有岔路的走廊，但眼前這條路與圖書館那條走廊的最大不同之處，就是周圍的壁面全都映照著露子與本莉露的模樣。這裡不管是牆壁還是天花板，全部都是鏡子，露子與本莉露簡直成了萬花筒裡面的玻璃碎片，投映在整條走道的鏡子上。

不管是本莉露的黑白條紋，還是露子的淡綠色雨衣，她們各種角度的模樣都映照在走道的壁面上，有的超級小，有的超級大，有的超級遠，有的超級近，就算只是身體稍微動一下，鏡子裡頭的模樣也會出現非常大的變化，讓露子看得眼花撩亂。

「看那裡！」

手上拿著書的本莉露，指著走道的前端。

宛如萬花筒的走道讓露子看得頭都暈了，但她還是用眼角餘光瞄到了那個東西……那團白色的物體，正朝著走道的另一個頭愈跑愈遠，而且模樣也不斷投射在周圍的每一面鏡子上。既然會「愈跑愈遠」，就表示那是一種生物。剛剛露子想從丟丟森林返回「下雨的書店」時，出現在幻想景象角落的那道影子，應該就是這個生物吧。

露子正想仔細看清楚那個東西到底是什麼，那團白色的生物卻打開走道尾端的門，進入了門後。

「我們快追上去！」

露子拉著本莉露的手腕往前跑。她的動作有點粗魯，因為在這種節骨眼，本莉露依然將兩本書拿在手裡細細比較，似乎拿不定主意該先看哪一本。

露子和本莉露在鏡中的身影不斷出現各種變化，有時分裂成好幾塊，有時像融化一樣扭曲變形，有時又像泡沫一樣破裂後消失無蹤。被數不清的自己包圍，讓露子不禁擔心起來，如果在這種地方待太久，可能會搞不清楚哪一個模樣才是真正的自己……不管剛剛那個生物到底是什麼，現在的當務之急是要盡快離開這個地方。

「我想再過不久，舞舞子應該會幫妳準備專屬的『安全之心』。」

本莉露對露子這麼說。所謂的「安全之心」，是舞舞子製造的一種魔法裝置。為了避免星丸遇上危險，舞舞子隨時可以用「安全之心」將星丸呼喚至店裡。不管星丸置身在何處，只要他在冒險過程中遇上危險，懸吊在店內天花板的星星就會發出紅色閃光。舞舞子一拉扯那顆星星，不管星丸原本在哪裡，都會立刻回到「下雨的書店」（當然，星丸非常討厭這個裝置）。

露子真的很希望自己也有一顆「安全之心」。

她們跑到走道的盡頭，接著打開門衝了進去。

不過那道門後沒有地板，露子和本莉露就這麼以倒栽蔥的姿勢往下跌落。

八　出現在巴倫尼姆的生物

露子感覺自己不斷往下掉，速度快到耳朵幾乎要被扯斷，完全無法張開眼睛。最後她的身體撞上某樣東西，發出「咚」的一聲重響，同時高高彈起。露子以為自己一定活不成了。

露子完全不敢睜開眼睛。她想，如果在此時睜開眼睛，一定會看見自己的身體被撞得四分五裂吧。

「……」

露子緊閉雙眼，屏住呼吸。就在這時，她察覺到有一隻手正在搖動自己的肩膀，那隻手的主人正是本莉露。本莉露的態度和露子有著天壤之別，她的表情非常平淡，看起來和平常沒有絲毫不同。

「露子，妳看。」

就在這時，露子聽見了呼呼作響的風聲。幾乎就在同一個時間，露子察覺自己的手正抵在一個柔軟的東西上。以地面而言，這個東西實在太柔軟了，而且它摸起來不僅柔軟，表面還很光滑，手掌在上頭移動時會發出「吱吱」的聲響。露子感覺整個身體搖搖晃晃的，這個東西似乎沒有辦法穩定支撐身體，它到底是……

露子坐起上半身仔細一瞧，這才明白自己正坐在一顆紅葡萄色的橡皮氣球上。那是一顆非常巨大的氣球，看起來像是熱氣球，卻又有如滿月一般渾圓。放眼望去，四周都是各種顏色及圖案的氣球，顏色有天藍色、木莓色、薄荷色、貝殼色及檸檬奶油色，圖案則有小圓點、條紋及斑紋等等。

露子不必低頭往下望，就知道自己置身在非常高的高空……因為這並不是露子第一次來到這個地方。露子的腦海裡，浮現了正在「下雨的書店」製書室裡逐漸成形的那本書——浮島先生在孩提時代幻想的那個巨大王國。這個地方，就是王國裡的「巴倫尼姆」。

露子不禁眨了眨眼睛，沒想到自己會從那個陌生的地方，突然來到這個熟悉的場所。但是下一秒，一股強烈的恐懼感在心中油然而生。

（上次我來這裡的時候，身上可是穿著蝙蝠雨衣耶！）

舞舞子平常收在店內櫃子上的那件黑色雨衣，是讓露子可以在空中飛行的道具。只要穿上那件雨衣，露子的背上就會長出蝙蝠翅膀，任她在空中自由翱翔……但是露子只是來邀本莉露一起到店裡喝茶吃點心，所以身上只穿著沒有任何功能的淡綠色雨衣。

「本莉露，妳要小心別掉下去！」露子緊張的說。

本莉露也沒有飛行的能力，此時她正趴在氣球上，緊緊抓著氣球。她的姿勢和露子一模一樣，頭上的辮子在風中不斷上下翻舞。但是仔細一瞧，本莉露的手裡依然緊緊抓著那兩本書，她似乎並不擔心自己會掉下去，而是擔心書會掉下去。

（真是受不了她！）

露子抬頭左右張望，尋找附近有沒有可以求救的對象。無論是星丸或莎拉都沒關係，如果能找到一個認識的人就好了……

「今天真是個風和日麗的好日子。」

突然間，一道悠哉愜意的聲音隨著風聲傳了過來。那個聲音聽起來有些沙啞，聲調卻有些高亢。那是誰的聲音？露子急忙左顧右盼。高空的風實在太過強勁，很難將眼睛完全睜開，即使如此，露子還是努力將眼睛張大。這時，映入露子眼簾的，是一條條桃閃亮的紅色線條，在空中畫出圓形的軌跡。

過了一會兒，逐漸可以看出那些畫出完美圓形的鮮豔線條，其實是許多非常巨大的生物。牠們的身上覆蓋著光滑透亮的粉紅色鱗片，而且沒有四肢，靠著透明的翅膀在空中飛行。

那是天龍。牠們來到浮島先生幻想出來的空中都市——巴倫尼姆，就是為了下蛋。天龍們排列著隊伍，扭曲著有如緞帶般的長長身體，在空中不斷舞動。

「嗯、嗯，真是一群善良的龍，但是今天這個日子沒有辦法把牠們帶進馬戲團，真是太可惜了。」

露子的視線被氣球擋住了，所以看不見說話的人是誰。露子小心翼翼的探出身體，手肘及肚子依然緊緊貼著氣球。

紅色氣球的另一側，很明顯有一團長著白色絨毛的生物，那個生物正朝著不斷舞動的龍伸出手。那隻手很白，上頭同樣覆蓋著柔軟的體毛，兩片長長的頭髮從頭頂垂向後方……不，那似乎不是頭髮，而是兩根長長的耳朵。

那白色的生物轉頭望向露子，鼻頭微微抖動，紅色的眼睛露出了笑意。那是一隻兔子，一隻脖子上打著黑色蝴蝶結，用後腿站立的兔子。

兔子朝露子及本莉露說：

「既然沒辦法帶進馬戲團，那馴服牠們也沒什麼意義，就讓這群天龍自由翺翔吧。」

這句話有如咒語一般，才剛說完，原本畫著美麗弧線的天龍就各自以翅膀抓住了氣流，轉身背對站在氣球上的兔子，竄上更高的天際。

「……古怪的兔子。」

本莉露低聲呢喃。

脖子上打著蝴蝶結的兔子，用後腿彈跳著朝兩人靠近。牠發出咚咚的跳躍聲，讓整個氣球不停搖晃。

「嗨，妳們是觀眾嗎？穿著條紋服裝的小姑娘，我看妳這打扮，該不會是表演者吧？」

兔子的銀色鬍鬚上下搖晃，顯得樂不可支。紅石榴色的眼珠直盯著露子和本莉露，似乎對兩人相當感興趣。

「你……你是誰？」

露子一邊問，一邊朝身旁同樣趴在氣球上的本莉露瞥了一眼。只見本莉露看著兔子，表情還是老樣子，看起來有些心不在焉。

那兔子露出讓人捉摸不透的微笑，恭恭敬敬的朝兩人鞠了個躬。

「我是馬戲團兔子，因為某些緣故跑到了這個地方。我的名字叫『雜七雜八』，但妳們想怎麼稱呼我都可以。妳們可以叫我『雜七』或是『雜八』，當然也可以叫我『雜雜』。」

兔子說得口沫橫飛，露子卻整個人都傻住了。這裡的人名字一個比一個奇怪，得早點習慣才行。

「你怎麼會跑到這個地方？」

一隻古怪的兔子，怎麼會跑進裂縫世界？

「你說的馬戲團在哪裡？」

本莉露歪著頭問。就連這小小的動作，也會使氣球產生搖晃，露子不由得嚇得心驚膽跳。這可是一顆飄浮在高空中的氣球，一旦失去平衡，馬上就會摔下去。

兔子瞇起他那一對白色臉頰上的眼睛，看起來就像是倚靠著白雲的一對紅色彎月。

「我們的馬戲團，是歷史相當悠久的馬戲團，可惜近來的表演並不成功，流失了很多客人，現在簡直就像是風中殘燭，隨時都有可能會解散。我本來想用那些天龍安排新的表演，但我沒辦法把那些天龍帶進馬戲團，更慘的是現在還有另一個問題，那就是原本擔任團長的魔術師竟然失蹤了……妳們有沒有看到他？」

兔子的紅色眼睛瞇得愈來愈細，鬍子抖個不停，全身的白毛都豎立了起來，讓他看起來變得相當胖。

這時，本莉露竟然從氣球上站了起來，彷彿是想要證明自己的身體比兔子更大。長靴的靴底踩在氣球表面上，顯得相當不安定。

「本莉露！」

露子也想站起來，但是她的身體一動也不動的僵在原地。任何一點動作，都會造成氣球搖晃。如今本莉露已經站在氣球上，只要稍微有一點搖晃，都可能會害她摔下去。

「嗯，看來妳們並不知道魔術師的去向。」

兔子露出賊兮兮的笑容。從他的聲音聽來，他好像又要施展奇妙的魔法了，露子不由得全身發抖。

就在這個時候……

「喂！」

天空的上方忽然傳來呼喚聲。

露子抬頭一看，聚集了大量氣球的蔚藍天空竟然多了一團灰色的雲。那團圓滾滾的烏雲，露子已經見過很多次了。

「喂，小姑娘們，妳們怎麼跑到這裡玩了？」

一顆頭從雲上探了出來，那張臉上有著又粗又密的八字眉，圓滾滾的鼻子，頭髮在後腦杓綁成了一束。

「電電丸！」

那個人正是舞舞子的親戚——雨童電電丸。他揮舞著從和服袖子露出來的粗壯手臂，迅速操控烏雲靠近兩人。

「哎喲，露子。妳們跑到這種地方玩耍，身上就穿這樣？而且只有妳跟穿著條紋裝的小姑娘，弟弟沒有跟妳們在一起嗎？妳們這麼亂來，小心挨舞舞子罵喔。」

電電丸絲毫不理會那隻來歷不明的兔子，操控烏雲靠近紅葡萄色的氣球，揮手示意兩人來到雲上。

露子這才鬆了一口氣，轉頭想向兔子道別，沒想到這一回頭，才發現那隻笑嘻嘻的兔子早已不見蹤影。那宛如柔毛般隨風飄來的又白又軟的身影，已經從巴倫尼姆消失了。

「不見了。」

一直看著兔子，對電電丸連瞧也沒瞧一眼的本莉露開口這麼說。

「嗯？妳說什麼不見了？」

電電丸似乎根本沒有看見那隻來歷不明的白兔。露子和本莉露一走到深灰色的烏雲裡，電電丸便癟起嘴，抓了抓頭說：

「愛玩冒險遊戲沒什麼關係，但怎麼可以把書帶到這種地方來？書這種東西啊，應該要好好愛惜才對。」

本莉露原本對電電丸說的話充耳不聞，但一聽到這句話，忽然將兩本書緊緊抱在懷裡。

「照照美要我帶一些東西給舞舞子，妳們兩個就陪我回一趟『下雨的書店』吧。」

九　七嘴八舌的議論

電電丸的烏雲每次出現在「下雨的書店」天花板附近，總會像漩渦一樣轉個不停。過去露子和本莉露都只是站在地板抬頭往上看，這還是頭一遭體驗到從漩渦中登場的感覺。

置身在天旋地轉的環境裡，露子只覺得一陣頭昏眼花，心裡不禁想著自己彷彿成了一條正在被人擰乾的抹布。一看見長著青草的地板，露子立刻跳下電電丸的烏雲。

「啊，露子！」

舞舞子驚聲大喊，同時奔上前來，由苔蘚及蜘蛛絲製成的洋裝，也隨著她的動作不停搖曳。

「我好擔心妳呢！妳說要去叫本莉露，結果一直沒有回來……妳到底跑到哪裡去了？」

「嗨，電電丸！」

星丸似乎對露子及本莉露絲毫不感興趣，他走向電電丸，粗魯的將手肘倚靠在烏雲的邊緣。那團烏雲被這麼用力一靠，像條小船一樣劇烈搖晃。

「你來得正好，我正想叫你教我新的指哨吹法呢！」

「姊姊！點心時間已經結束了！」莎拉嘟著嘴說。

此時香菇桌上的茶具及糕點已經收拾乾淨，鬼魂似乎一直待在店裡寫稿，莎拉則在鬼魂的旁邊玩摺紙遊戲，雙腳在香菇椅底下晃個不停，可見她已經等得有些不耐煩了。

平安返回「下雨的書店」的安心感，讓露子重重呼了一口氣。對現在的露子來說，茶和糕點一點也不重要，就算全部被星丸和鬼魂吃光也沒什麼大不了。畢竟她剛剛經歷了一場驚魂記，光是能夠回來就已經謝天謝地了。

本莉露翻開她從丟丟森林帶來的書，在烏雲上自顧自的讀了起來。

「這兩個小姑娘不知道是怎麼搞的，我遇到她們的時候，她們竟然在氣球上玩耍，我愈看愈覺得危險，就把她們帶回來了。舞舞子，妳讓她們出去玩的時候，至少要讓露子穿上蝙蝠雨衣吧……對了，這是照照美要我交給妳的東西。」

聽到電電丸這麼說，舞舞子驚訝得瞪圓了眼睛，並且伸手接下電電丸從烏雲裡取出的大籐籃。

一旁的鬼魂還在全神貫注的埋頭寫稿，完全沒有察覺電電丸將露子及本莉露帶回來了。在旁人的眼裡，他簡直就像是魂魄被稿紙吸走一般，手中的紅銅色羽毛筆不停在紙面上迅速遊走。

「氣球？巴倫尼姆的氣球嗎？」

莎拉忽然站起身，綁在她額頭上的瀏海髮束也隨之上下搖晃。她露出興奮的表情，丟下手邊剛摺好的紙蝸牛及紙氣球，跑到露子和本莉露的身邊。

「姊姊！妳們去了浮島先生的王國嗎？為什麼？人家也要去！拜託妳們帶人家去嘛！」

莎拉一下子望向露子，一下子望向本莉露，興奮得跳個不停。本莉露完全沒有反應，簡直就像是眼睛及耳朵都被書本吸走了。

「……不要吵啦！妳以為我們是去玩嗎？」露子忍不住大聲責罵。

莎拉整個人僵在原地，原本豎起的瀏海髮束也像稻穗一樣垂了下來。露子自己也嚇了一跳，她沒想到自己的聲音竟然會這麼尖銳。但是一旦動怒，實在沒有辦法輕易收斂。

「我原本打算叫了本莉露就立刻回來，沒想到前往丟丟森林的『夢之力』通道竟然出了問題。好不容易抵達丟丟森林，要回『下雨的書店』時又出了差錯，沒有辦法順利回來。我們會跑到巴倫尼姆，完全是一場意外……」

看見莎拉沮喪的表情，露子明白是自己的語氣太凶，胸口不禁湧起一陣寒意。露子當然不是故意要欺負莎拉，只是她好不容易才歷險歸來，吃了那麼多苦頭，莎拉卻完全搞不清楚狀況，還露出那種開心又羨慕的表情，自己看了當然會生氣……露子故意不去看莎拉的臉，抬頭在店內左右張望。

店裡沒看到浮島先生，連古書先生也不見蹤影。

「沒事了，露子，我重新泡茶。古書先生和浮島先生到製書室去看王國的書了。別擔心，妳們的糕點我都幫妳們留下來了，喝一點熱茶，再好好告訴我們詳情吧。」

舞舞子輕拍露子的後背，安撫她的情緒。莎拉一臉惱怒的抓著舞舞子的裙子，身體有一半躲在那深綠色的裙子後頭。莎拉朝露子吐了吐舌頭，露子正要開口說話，旁邊突然傳來了刺耳的聲響。

啾啾！

原來是星丸吹起了指哨。

星丸以赤裸的雙腳踩踏草地，展開雙臂，眉開眼笑的說：

「呵呵，我聞到了冒險的氣息！」

滿臉笑意的星丸，就連額頭上的白色星星也綻放著光芒。

電電丸送給莎拉一根小鳥形狀的笛子，說是這次見面的伴手禮。那是一根用竹子切削而成的小巧竹笛，吹響時的笛聲非常可愛。莎拉拿到笛子之後心情平復不少，不再氣呼呼的瞪著露子了。

舞舞子為露子和本莉露泡了冒著金色熱氣的蜂蜜茶，給電電丸泡的則是漂浮著真正梅花的梅花茶。露子啜飲熱茶，吃著浮島先生帶來的閃電泡芙，詳細說明自己的遭遇。

這個遭遇實在太過不可思議，露子說到後來，連自己也不禁懷疑起這一切是不是自己的幻想。向來最喜歡冒險的星丸在一旁聽著，兩眼一如往昔閃爍著興奮的目光。

「那隻兔子一定是在打什麼鬼主意！」

星丸原本只是坐在椅子上，將上半身探向桌子，後來卻整個人站在香菇椅上，對眾人發表自己的高見。

「什麼鬼主意？」

「他原本不是打算要馴服天龍嗎？我猜他可能是發現沒辦法將天龍用在馬戲團裡，所以才會放走牠們。假如他發現那些天龍有利用價值，搞不好會抓走牠們。沒錯，那隻兔子的鬼主意，就是要抓走王國或是裂縫世界的生物！」

星丸突然將臉湊向露子，讓露子嚇了一跳，把手上吃到一半的閃電泡芙撞在臉上，搞得整臉都是奶油。舞舞子掏出一條乾淨的手帕遞給露子，同時歪著頭嘆了口氣。

「這麼草率的做出判斷恐

怕不太好。浮島先生那一次不也是這樣嗎？大家都叫他『黑影男』，還把他當成了壞人。」

「這次的情況完全不一樣。露子把那隻兔子看得一清二楚，他說的話也聽得一清二楚，那隻兔子肯定有問題，絕對不會有錯！」

星丸這麼說確實有一些道理，露子心裡其實也是這麼想的。若要追根究底，當初自己前往丟丟森林時會迷路，搞不好也是中了那隻兔子的詭計。

「那隻兔子原本的目的，搞不好是想要綁架露子呢！畢竟在裂縫世界裡，人類可是非常稀有的生物！」

「咦？」

露子正拿著舞舞子的手帕擦臉，聽見星丸這麼說，嚇得發出一聲尖叫，書芊與書蓓也害怕得在空中緊緊抱住彼此。

「星丸，你真是的！沒有證據的事情不要隨便亂說！你看，露子她們都嚇壞了。」

舞舞子的珍珠顆粒在鬈髮周圍快速振動。

「我倒是覺得……」

原本一直專心寫稿的鬼魂，此時忽然插嘴。

「那隻兔子不是說『因為某些緣故跑到了這個地方』嗎？他到底是從哪裡來的，這應該才是問題的關鍵。」

鬼魂從剛剛開始就一直在默默寫稿，看起來相當專心，所以露子原本以為他沒有在聽大家的對話，沒想到他全聽得一清二楚。鬼魂在稿紙上打了一個雙圈句號，才擱下不死鳥羽毛筆，一口氣喝乾舞舞子為露子泡的茶。

「呼，多虧了那些糕點，我今天寫得非常順手。好了，我先把這份稿子送到製書室。」

鬼魂捧起放在桌上的那疊稿紙，輕飄飄的浮了起來。舞舞子見狀，趕緊起身對他說：

「稿子交給我送就行了。鬼魂先生，你應該很累了吧？請在這裡好好休息吧。」

沒想到鬼魂嘻嘻一笑，眼珠子變成彷彿快要融化的朦朧灰色，東搖西擺的飄向店內深處。

「不用了，我自己拿去吧，那些茶跟糕點讓我現在精神百倍呢。比起幫我送稿子……我更希望早點吃到妳製作的蛋糕……」

鬼魂嘴巴上這麼說，聲音卻有氣無力，彷彿隨時都會睡著。他打開通往製書室的門，搖搖晃晃的飛了進去，讓人不禁擔心他會撞上東西。

坐在露子身旁的本莉露，沒兩三口就吃完了糕點，正在閱讀手上的書。她聽見鬼魂的話，忽然將兩腳的膝蓋靠在一起輕輕摩擦，露出一副迫不及待的表情。

「王國的書……好想趕快讀到……」

喃喃自語的本莉露，粉嫩的臉頰看起來就像是剛出爐撒上了糖粉的蛋糕。

舞舞子將雙手交握在胸前，雙眸閃爍著黃昏時分的神祕色彩，彷彿下定了某種決心。

「啊，對了。」

電電丸喝完茶杯裡的茶，開口說：

「照照美還要我告訴妳，剛剛交給妳的那些東西，是製作蛋糕的材料。」

飛在空中的兩個精靈一聽，同時挺直了身體，三叉帽尖也跟著飛揚起來。

十 出發

照照美交代電電丸轉交的東西，是裝滿一整個籐籃的大量茶褐色小瓶子。每個小瓶子都封住了瓶口，上頭貼著褪色的標籤紙。舞舞子將每個小瓶子一一拿出來查看，上頭分別寫著「淺灘的蒸餾水」、「氧氣（檸檬口味）」、「閃電貓最喜歡的肉桂」、「兩百年的陳年月光酒」、「風雲粉」等等文字。

「舞舞子姊姊，只要有這些東西就能製作糕點嗎？」

莎拉興奮的問。

「這我也不敢保證……那個蛋糕製作起來相當困難……而且很危險。」

舞舞子把所有小瓶子排列在香菇桌上，一邊檢視上頭的標籤，一邊以另一隻手翻開那本糕點食譜。她認真比對食譜的內容及標籤上的文字，有時還會拿起瓶子，仔細查看內容物。

此時，莎拉發現籐籃裡還留有一樣東西，原來是一張寫著留言的卡片。她拿起那張卡片，遞給舞舞子。

「不用再煩惱了，妳可以在我的庭園製作那個蛋糕。」

卡片上以紅棕色的墨水寫著這麼一句話。

舞舞子看了那張卡片，臉頰頓時染上一抹紅暈。接下來，她更加專注的確認裝在小瓶子裡的各種材料。她的表情相當認真，兩個精靈連眼睛也不敢眨一下，默默的在一旁守護她。任誰都看得出來，舞舞子已經下定決心，一定要完成那個本莉露說的「龍捲風蛋糕」。

「電電丸哥哥，照照美姊姊最近好嗎？」

莎拉吹了一會兒小鳥造型竹笛，忽然抬頭詢問電電丸。

電電丸揚起濃密的眉毛，說：

「她的庭園多了不少稀奇的花卉。對了，她還要我傳話給妳，叫妳有空可以去幫忙整理妳專屬的花壇。」

莎拉一聽，霎時滿臉通紅。她將電電丸送的竹笛用力握在

手裡，從椅子上跳了下來。

「人家要去照照美姊姊的庭園！」

莎拉堅定的語氣讓露子嚇了一跳。今天難得浮島先生光臨「下雨的書店」，露子想要留在這裡幫忙鬼魂寫稿。

「噢？我剛好也得趕回去工作，不如就讓我送妳過去吧。」

電電丸搔了搔自己的下巴。莎拉一聽，一對眼珠更加閃閃發亮，充滿了期待，露子卻不安的說：

「但是……那隻兔子會不會跑到庭園裡？」

「跑到庭園做什麼？抓照照美的猴子嗎？」

電電丸眨了眨他那圓滾滾的眼睛。舞舞子的妹妹照照美是一名園藝師，她的身邊總是跟著一隻名叫麥哲倫的松鼠猴。那隻猴子平常會將金色的尾巴捲在照照美的脖子上，看起來就像是一條項鍊。照照美整理庭園的時候，猴子也會在旁邊幫忙……如果那隻可疑的兔子是在尋找能夠進馬戲團表演的動物，麥哲倫很可能也會成為他捕捉的對象。

莎拉對露子揚起雙眉，擺出一副成熟大人的表情。

「但是要在照照美姊姊的庭園裡維持原本的樣子，得先喝下蜜才行。更何況人家隨身攜帶羽毛傘，一遇到危險就會立刻飛走，所以完全不用擔心。」

「可是……」

自己到底是在擔心莎拉的安全，還是是在氣她的任性？內心的感情實在太過複雜，就連露子自己也搞不清楚。

「等等，我也一起去。」

舞舞子忽然開口這麼說。

「照照美連材料都替我準備好了。我明明很想嘗試，卻從來不曾仔細研究蛋糕的作法，真是太膽小了。我決定了，我一定要挑戰製作龍捲風蛋糕。如果成功製作出龍捲風蛋糕，或許能讓鬼魂先生和古書先生更有精神，王國的故事也一定會成為更加完美的書吧。」

舞舞子語重心長的說完，便小心翼翼的將桌上的小瓶子一一放回籐籃內。有舞舞子的陪伴，就不用擔心莎拉會遭遇危險了。

「可是……舞舞子，這樣真的好嗎？照照美她……」

舞舞子的妹妹照照美，就像是一朵嬌豔欲滴的花朵。她的臉上隨時都帶著燦爛的笑容，個性卻是讓大家都不禁搖頭的冒失鬼。本莉露曾經說過，龍捲風蛋糕在製作上相當危險，要是一個不小心，很可能會釀成大禍……

「照照美庭園裡可以任意變大或縮小尺寸的機關，應該能派上用場。唉，我也真是的，竟然一直沒有想到可以請妹妹幫忙。」

松鼠猴麥哲倫的脖子上掛著一個小瓶子，瓶子裡裝著蜜，任何人要進入照照美的庭園之前，都得先喝下蜜，否則進入庭園之後，身體可能會突然變成超級巨人，或是變得比螞蟻還要小。照照美有一條腿不良於行，所以她設計了這樣的機關，方便自己整理廣大的庭園。

舞舞子的雙眸閃耀起黃昏的色澤，瞳孔深處彷彿有星星在閃爍。舞舞子想挑戰製作蛋糕，就像露子渴望動筆寫作，以及莎拉想動手整理花卉一樣。在裂縫世界裡，每個人都有自己該做的事。這樣的平衡狀態，讓露子原本懊惱的心情恢復了平靜。

「書芊、書蓓！」

舞舞子拍拍手掌，兩名精靈便在空中併攏雙腿，眼眸散發出光彩，等待精靈使者下達指令。

「我不在書店的時候，妳們要好好協助古書先生。蛋糕一烤好，我就會馬上回來。」

兩名精靈點了點頭，頭上的三叉帽尖也發出了叮叮噹噹的聲響。

「露子，我和照照美會保護好莎拉，妳不用擔心，這段期間就麻煩妳幫忙顧店了。」

露子有些驚訝，沒想到舞舞子可以這麼快就下定決心，而且立刻就採取了行動。只見舞舞子拉起洋裝的裙襬，忙著進行出發前的準備工作，鬈髮周圍的珍珠顆粒激動得搖晃個不停。露子在一旁看著，也不再嘗試阻止。另一方面，星丸坐在桌邊，用手托著臉頰，背部似乎因為過於興奮而扭個不停。露子看在眼裡，內心也不禁莞爾。

舞舞子取來莎拉的羽毛傘，帶著莎拉跳上電電丸的烏雲，二話不說便啟程前往照照美的庭園。

烏雲從沙漠桃的旁邊穿過，在天花板附近捲起一陣漩渦。那漩渦愈來愈小，不久之後就完全消失了。舞舞子竟然就這麼出發了，甚至沒有告訴古書先生一聲。書芊與書蓓絲毫沒有露出不安的表情，兩個精靈規規矩矩的並肩坐在書櫃上，眼神甚至比平常更加堅定。

「我真是太驚訝了。」

星丸用衣服的袖子摀著嘴竊笑。

「沒想到舞舞子竟然會丟下我們先走一步。」

「是啊，我看她好像很開心呢。」

說出這句話的瞬間，露子忽然有種「自己也想要找一件事情來做」的衝動。她將手伸進口袋，發現「隨心所欲墨水筆」就放在口袋裡。除此之外，還有那本她不敢給鬼魂看的筆記本。在等待的時間，乾脆繼續寫故事吧……露子下定了決心，想將筆記本從口袋裡拿出來。

沒想到就在同一時間，原本一直在看書的本莉露突然闔上了書本。

「我看完了……」

她說完這句話，便將書本放到桌上，同時拿起另一本有著藍白條紋封面的書，完全沒有想要休息的意思。

就在本莉露即將翻開書本的瞬間，露子跳下椅子，緊張得全身僵硬。本莉露手上拿著書，幾乎可以說是理所當然的事情，完全沒有人阻止她，就連露子也忘了那本書的來歷。但是此刻本莉露手上的那本書，就是當初她們離開丟丟森林，闖進圓形房間時在裡頭發現的東西。後來，本莉露就這樣把那本書帶了回來。

「本莉露，不能打開那本書！」

露子高聲大喊，但本莉露滿腦子只想著要趕緊看下一本書，當然不會停下翻書的動作。

十一　海底的店

嘩啦！露子感覺沒辦法呼吸，身體拚命掙扎，四肢卻異常沉重，沒有辦法隨心所欲的移動。

露子掉進了水裡，她拚命往上游，一心只想要趕快將頭探出水面，進入有空氣的地方……

不過，此時有人抓住了露子的手腕，而且不斷拉扯，那個人就是星丸。明明置身在水中，露子卻能清楚看見眼前的景象，簡直就像是向魚借了眼睛。星丸臉頰的周圍聚集著許多氣泡，並且伸手指向下方。

大量的光線射入水中，使得水裡呈現出一片蔚藍的顏色。這裡的水似乎不算太深，星丸伸手所指的前方，是一大片沐浴在燦爛光芒中的複雜岩地。上方的水面點綴著令人目眩神迷的亮藍色，水波溫柔的搖擺著。

本莉露依然抱著那本有著條紋封面的書，以倒栽蔥的姿勢懸浮在旁邊。本莉露睜大了雙眼，目不轉睛的看著水底下那一大片岩石地面。露子趕緊用另一隻手抓住本莉露的衣服。

由於水裡相當明亮，露子逐漸恢復了冷靜。星丸依然伸手指著下方，於是露子仔細查看他所指的位置。

在那片蔚藍的水底，似乎有什麼東西從岩石的陰暗處鑽出，朝著自己的方向游了過來。那是一群有著長長尾鰭的金色小魚，小魚的動作非常整齊，一將露子他們包圍，立刻轉身望向相同的方向，彷彿希望三人朝著那個方向前進。那個方向正是小魚剛剛游過來的地方，也就是那片水底岩地。

露子察覺小魚希望自己潛入更深的水底，嚇得想要搖頭拒絕，但她還來不及做出動作，手腕已感覺到來自星丸的拉扯力量。星丸以赤裸的雙腳用力踢水，帶著露子及被露子抓著衣服的本莉露，在水流中愈潛愈深。

金色的小魚一直跟在三人身邊，照理來說，應該會漸漸覺得呼吸困難才對，露子卻感覺宛如沉浸在夏日午後的悠閒時光，忍不住想要打起盹來。撫過肌膚的水流是如此明亮、蔚藍而柔滑，自水面透入的光線，照亮了露子他們及整個水中世界，露子不禁有種錯覺，彷彿自己置身在美味的果凍之中。

岩石地面隱約可以看見一扇門，看起來像是一座小型洞窟的入口，上頭裝飾著珊瑚及海藻。門扉看起來是以玻璃製成，沒有門把也沒有鉸鏈。金色小魚紛紛以嘴輕柔的朝入口輕戳，游在最前面的星丸，毫不猶豫的朝那扇門扉撞了過去。

露子嚇了一跳，沒想到下一秒自己和本莉露也穿過了一層具有彈力的薄膜，進入一個有空氣的地方。水的力量瞬間消失，身體頓時變得沉重而且有種喪失依靠的感覺。衝進入口的前一刻，露子嚇得深吸一口氣，這才想起自己原本一直屏住了呼吸。這一吸氣，露子吸進了大量的水，忍不住跪在地上咳個不停，感覺舌頭上全是鹹死人的海水。

「歡迎光臨……」

三人聽見了一個慵懶的招呼聲。

露子抬頭一看，這才發現自己置身在一個房間裡，周圍擺滿了雜七雜八的東西，壁面上的岩石全部裸露在外，完全沒有遮掩。放眼望去有無數看不出用途的奇妙物品，一個個全擺在凹凸不平的岩石壁面上，有的形狀歪七扭八，有的帶著許多尖刺，有的顏色看起來相當古怪。這些奇奇怪怪的東西全都擺在岩石壁面的凹洞裡，有的擺得歪歪斜斜，有的採吊掛的方式，因為實在太過雜亂，根本無法仔細查看任何一樣東西。

「請隨意參觀……能不能找到你們中意的商品，我也不敢保證。」

露子朝聲音傳來的方向望去。由於眼前的岩棚及岩座上頭都堆滿了東西，發出聲音的人幾乎完全被掩蓋，只看得出那個人的頭上戴著一頂大帽子。

那頂看起來滑溜溜的帽子，流蘇垂到了肩膀上，並且忽然動了一下。那頂帽子的主人將手肘抵在岩棚的某處，用睡眼惺忪的雙眸凝視露子他們。仔細一瞧，原來是個身材苗條的女人，她的臉上濃妝豔抹，看起來閃閃發亮，身上的服裝緊貼著肌膚，簡直就像是泳裝一樣。她全身上下，唯獨那頂帽子看起來特別巨大而沉重。

露子站了起來，想先搞清楚這裡是什麼地方。

「這裡是賣什麼的店？」

星丸一副氣定神閒的模樣，詢問這個空間裡唯一的女人。

「看就知道了吧？這是一家紀念品店。你們如果要買爆米花，可要到外面去買，我這裡不賣爆米花，因為會溼掉。話說回來，我也不清楚外面還有沒有叫賣員在賣食物和飲料。」

從帽子上垂下來的流蘇又動了一下。那流蘇有時會垂掛在女人的肩膀上，有時又會不斷往上捲動，更驚人的是，那頂沉重帽子接觸頭部的部位，忽然發出了「呼」的一聲氣音。露子這才發現，那根本不是一頂帽子，而是一種生物。垂掛在女人肩膀、背部以及臉頰上的流蘇，其實是那個生物的腳，而且每一隻腳上都有等間隔排列的吸盤，顯然是章魚的腳。那個女人的頭上，居然頂著一隻巨大的章魚。

「妳這裡賣的是怎樣的紀念品？」

為了更輕鬆的瀏覽店內大量商品，星丸變身成小鳥，在洞穴裡飛來飛去。

這間店的商品種類五花八門，沒塗釉料的陶器、貼上貝殼及沙子當作裝飾的相片架、塗上鮮豔色彩的超長墜飾項鍊、長相很可怕的人偶、不知道裡頭放了什麼東西的小盒子……

「看就知道了吧？我這裡是馬戲團的紀念品店。」

站在露子旁邊的本莉露似乎嚇了一跳，辮子的尾端輕輕搖晃了一下。

「馬戲團？」

「是啊，馬戲團，泡了水的馬戲團，我也不知道現在還有沒有繼續表演。在我這間店裡，除了『沒有客人上門』之外，什麼事也不知道。」

頭上頂著章魚的女人，張開塗著水藍色口紅的嘴，打了一個大大的呵欠。

「是那隻兔子的馬戲團嗎？他好像叫什麼『雜七』還是『雜八』……」

露子用力挺直膝蓋的時候，站在旁邊的本莉露插嘴說：

「『雜七雜八』。」

將活章魚當成帽子的女人一聽到這個名字，登時瞪大了眼睛。她的瞳孔是清澈的蔚藍色，讓人聯想到外頭的水。她吃驚的表情只維持了非常短暫的時間，下一秒突然放聲大笑。

「那傢伙要是成了馬戲團的主人，誰受得了？那隻兔子是馬戲團的小丑，我們的團長是魔術師，而且是一頭象。沒錯，我們的團長是一頭專門表演魔術的象。聽說象是一種能夠呼風喚雨的動物，我們馬戲團會泡水，就是他惹出來的麻煩。我們是一個很小的馬戲團，所以每個人都要負責兩、三件工作。我除了擔任紀念品店的店員，也是一個特技師。」

女人說完這些話，突然將腳高高抬過頭頂（她的腳上穿著絲襪，絲襪上頭的圖案看起來既像太陽又像花）。她將腳踝伸向脖子後方，抵在另一側的肩膀上，然後以單腳轉了好幾圈。她的動作十分流暢，讓人產生一種錯覺，彷彿連空氣也為了配合她而停止流動。

接下來，她將高高舉起的腳後跟放在頭頂的章魚上，身體緩緩向前傾倒，沒有任何拋甩的動作，就輕描淡寫的完成了倒立的姿勢。她將雙腳倚靠在岩壁上，讓身體以傾斜的方式維持平衡。頭頂上的章魚噴出一口氣，女人自牆邊朝三人行禮……此時女人的臉上，已經看不見剛剛那種百無聊賴的表情，取而代之的是高傲又充滿神祕感的笑容，讓她臉上的濃妝看起來更加耀眼亮麗。章魚穩穩的貼在女人頭上，並沒有掉落地面，八條腿各自做出不同的動作。

星丸吹了一聲口哨。

「好厲害！我第一次看到這樣的表演！」

星丸現在變成鳥沒辦法拍手，只能在岩壁平台上不停的鼓動翅膀。自稱是特技師的女人，朝星丸的方向再次深深一鞠躬，然後以流暢的動作走過岩壁回到地面，彷彿岩壁上也有重力似的。

「我想看其他的馬戲團表演！要去哪裡才看得到？」

「我也不知道現在還能不能看到。我剛剛說過了，我們馬戲團完全沒有客人上門。」

女人又變回了剛剛那種意興闌珊的表情。

「為什麼？」

「你問我，我問誰？我們本來都準備就緒了，以為一定能夠吸引非常多客人上門……或許是某個環節出了差錯，我們完全等不到客人，馬戲團就這樣沒落了。我們沒有能力東山再起，卻也不願意就此結束，只能一直這麼苦撐著……」

說到這裡，女人又打了一個呵欠。

「你們幾個既然來了我的紀念品店，一定會買點東西吧？你們要買什麼？

裡頭可以表演空中飛人的捕蟲籠？搖晃之後可以看見暴風雪的『暴風雪花球』？每天早上都會長出各種魚的盆栽？每次上發條都能聽見不同音樂的音樂盒？當然啦，如果你們只是要買普通的口香糖或巧克力，我這裡也有。」

「呃……那個……」

露子有些不知所措。

「我們還沒有看過馬戲團表演呢。紀念品這種東西，不是應該看過表演才買嗎？」

「你們剛剛不是看過一點我的特技表演了？」

「話是這麼說沒錯……」露子真正擔心的事情，是口袋裡的零用錢不知道夠不夠買這裡的商品。

就在露子將手伸進口袋的時候，女人忽然倒吸一口氣，挺直了腰桿。

「真是讓人吃驚，妳竟然帶著筆？」

「咦？」

隨心所欲墨水筆的尾端，從露子的口袋露了出來。女人的大眼睛直瞪著那枝筆，彷彿看見了足以彰顯偉大身分的某種證據。

「妳是作家？」

「不、不算是……」

露子被女人的態度嚇了一跳，趕緊搖頭否認。不過露子確實是用這枝筆來寫故事……

「看來妳一定要買我這個東西……」

女人轉過身，頭上的章魚伸出一隻腳，從岩壁頂端的平台取下一件商品。

那是一本蝴蝶形狀的書……不對，它是一本筆記本。

「只要妳願意買下這本筆記本，我可以給妳門票。妳要把我們馬戲團的事，全都寫上去……」

「咦？」

「我們馬戲團一定在某個地方出了相當大的紕漏，但是我們沒有辦法找出這個紕漏，也沒辦法修正這個紕漏，只能等外人來幫我們修正……一個持筆者……」

露子聽到「持筆者」這個詞，忍不住打了一個寒慄，轉頭望向本莉露。本莉露從前也擁有一枝非常巨大的筆，那枝筆比她的身體還長，而且名字叫作

「自在文字筆」，具有修正裂縫世界的效果。

「只要擁有這本筆記本，妳就可以一直往上爬，爬到非常遠的地方……只要妳願意寫馬戲團的事情……一直寫下去……」

「可是……我們根本沒有看過馬戲團……」

「所以我說會給你們門票啊。」

女人說完，突然拿出三張卡片，粗魯的朝露子推來。卡片散發著銀色光澤，有如鏡子一般，映照出露子等人的臉。突然間，映照在鏡中的自己眨了眨眼……就在那個瞬間，魔法再次啟動。

十二　百弦之谷

星丸繞著露子和本莉露飛了好一會兒，最後停在露子的頭頂上。

放眼望去，四周全部是五顏六色的條紋布簾。那條紋的圖樣，正好與本莉露拿走的那本書封面如出一轍，只是條紋的顏色搭配各有不同，有的是深藍色配上夕陽紅，有的是綠色配上灰色，有的是蜂蜜蛋糕色配上琥珀色，有的則是紅色配上銀粉色。這麼多不同顏色的條紋，當然不是印在同一塊布上。數不清的布簾圍繞著露子他們，看起來像是把大量窗簾一層又一層排列在一起。看起來既像是色彩的洪水，又像是布簾形成的牆壁。到底該往哪個方向走，露子完全沒有主意，只能緊緊握著紀念品店女店員硬塞給自己的蝴蝶型筆記本。

「看那邊！」

星丸忽然尖聲大喊。

在那令人眼花撩亂的各色條紋布簾縫隙中，似乎有一條腿在露子等人的眼前一閃而過。由於背後布簾上的直條紋剛好是有如夜空的顏色，因此可以清楚看出那是一條白色的腿。

「是那隻兔子嗎？」

露子才剛說出這句話，本莉露就追了上去，露子也趕緊跟上。她們才跑了兩步，露子便感到一陣懊惱，眉毛不由得彎成了八字形。

（討厭，明明得趕快完成王國的故事才行，卻一直遇上這種奇怪的事，運氣真不好。）

在穿過布簾與布簾之間的縫隙時，露子的鼻子忽然聞到一股非常熟悉的氣味，但是她還來不及想起那到底是什麼味道，那股氣味就已經消失了。

露子他們在宛如迷宮的布簾之間穿梭，不斷向前邁進。本莉露的帽子和裙子也是黑白條紋，所以置身在無邊無際的條紋布簾之間，很容易融入背景之中，讓露子完全找不到她。

本莉露的辮子不斷在她的肩頭彈跳。露子的視線越過本莉露的肩膀，看見一團白色的生物就在前方不遠處。不過那個白色生物並不是那隻毛茸茸的兔子，那個生物有著大大的鼻子和耳朵，手腳都很粗壯，而且身上穿著衣服……

難道那是一個人嗎？

那個身影一下子就消失了。露子的視野，馬上又被那些色彩繽紛的條紋布簾完全掩埋。

銀白色配上金黃色、砂黃色配上綠寶石色、蛋殼白配上桃花紅、紫羅蘭配上珍珠白……

原本以為永遠不會有盡頭的布簾之路，突然出現了盡頭。

幸好本莉露非常機靈的停下腳步並且張開雙手，露子才沒有繼續往前衝。眼前的視野豁然開朗，令露子一時之間無法適應。各種顏色的條紋殘像在眼前揮之不去，將又白又亮的天空切割成許多區塊。星丸一時煞不住，從露子的頭上飛起，在斷崖的上方盤旋了好幾圈。

斷崖？沒錯，露子及本莉露的前方沒有地面。或許應該這麼說，前方的地面裂開了一個超級巨大的縫隙，形成了所謂的斷崖。斷崖下方的峽谷不斷傳來轟隆隆的水聲，而且有一陣陣雲霧般的水花飄上來，沾在露子及本莉露的膝蓋及睫毛上。露子小心翼翼的探頭往下望，峽谷的岩壁到處都有泉水噴出，形成了瀑布。不僅是峽谷的這一側，就連非常遙遠的對面岩壁也有無數泉水不斷噴發。一道道的泉水層層交疊，彷彿一大片既壯觀又細緻的蕾絲。

「這裡是……馬戲團嗎？」

如果是的話，這裡未免跟自己想像的馬戲團相差太大了。沒有帳篷、沒有舞台，也沒有觀眾席，有的只是廣大岩層沐浴在無窮無盡的陽光下。每當微風

吹拂，都會帶來布簾在風中獵獵舞動的聲響，那些聲音正是來自於三人剛剛穿過的布簾迷宮。露子回頭望去，那一大片布簾迷宮就像是無數的舞台布幕，從沒有天花板的空中垂吊下來，而且周圍沒有任何相連的建築物或通道。

露子再次將視線轉回前方，在岩層的另一端，巨大地面裂縫的盡頭有一座小山，山體有著漩渦狀的條紋圖案，在陽光下熠熠發亮。

「一定是那邊！」星丸大喊。

在形成斷崖的巨大裂縫中央，無數瀑布的水流在空中交錯綜橫，其中還站著一道白色影子。那道影子比莎拉還矮，而且有著圓滾滾的身材。這個神祕人物到底長什麼模樣？露子努力想要看清楚，但是距離實在太遠了，不管她再怎麼細看，還是有些模糊。再加上瀑布不斷冒出水霧，更是讓那個身影的模樣變得有些朦朧。

那道神祕的身影突然開始快速移動，露子原本以為他在空中飛，但仔細觀察才發現並非如此。空中有一條非常細的繩索，那個白色身影就是走在繩索的上頭。

「喂，等一下！」

星丸在斷崖邊緣大喊，同時用力鼓動翅膀，並且在離開露子頭頂的同時，變回了男孩的外貌，一對翅膀在他的背上迎風展開。如果維持小鳥的模樣，他的身體會太過輕盈，很可能會被捲入瀑布之中。

「星丸！」

在露子急忙探頭往下看的瞬間，她的腳竟然滑了一下。紀念品店的地板是溼的，進入紀念品店之前她還曾在水裡游泳，所以露子的長靴底部又溼又滑。

露子尖叫一聲，身體快速下墜。

「露子，快寫！」

本莉露急忙放聲大喊。雖然四周充滿了水聲，本莉露的呼喊聲卻壓過了那些雜音，而且她的眼睛正看著露子手中的蝴蝶筆記本。

露子一邊墜落，一邊從口袋裡掏出筆，翻開蝴蝶筆記本。她現在沒辦法確認筆管中的墨水是什麼顏色，提筆就在筆記本上寫了起來（為什麼自己能做到這種事，其實露子也不明白）。

『掉落。』

寫下這幾個字的瞬間，露子感覺背部多了一道空氣的觸感。那種感覺不像是空氣在觸摸自己的背部，而是自己的背部似乎有什麼東西正在操控空氣。

背上的東西掌握了風的流動，讓露子的身體浮了起來。露子明明沒有穿蝙蝠雨衣，背上卻長出了翅膀，而且那對蝴蝶翅膀還散發出藍色的光芒。露子努力嘗試從左右兩側轉頭，望向自己的背後。就在露子最喜歡的那件淡綠色雨衣的背部，靠近脊椎位置的兩側，多出了一對色彩鮮豔的蝴蝶翅膀。那一對翅膀雖然靠得很近，卻不是緊緊貼在一起，中間還保留了空氣可以流通的細縫。

那對翅膀看起來相當輕薄，卻是強而有力，在風中撐起了露子的身體。

露子緊抓著筆記本和筆，鑽進了錯綜複雜的瀑布水流之間。

她猛眨著眼睛，任憑身體在空中飄盪，同時朝上方的本莉露大喊。

「可是……那個店員叫我寫馬戲團的事！」

「我們已經在馬戲團裡了！」

本莉露一邊說，一邊指著峽谷底下瀑布水流的交會處。雖然由水花形成的蕾絲及水霧讓視線有些模糊，但露子凝神細看，發現附近有不少閃閃發亮的直線，原來峽谷的許多角落都綁著繩索……不，那不是繩索，是表演用的鋼索。

剛剛那個身材矮胖的神祕身影，就是走在鋼索上頭朝遠方快速移動。突然間，露子聽見了口哨聲。抬頭一看，星丸展開了琉璃色翅膀，在瀑布水流交錯的空間飛翔。

「……好，我試試看。」

露子再次舉起隨心所欲墨水筆，透明的筆管裡逐漸冒出蔓草紋路，同時被不知來自何處的墨水填滿。筆管裡的墨水顏色，會隨著露子想要寫的文字或腦海浮現的點子而產生變化。

露子看著眼前的景象，寫出了薄雲色的文字。

『錫箔紙般的天空，沒有樹，會動的東西只有瀑布的水流。』

露子拍動背上的蝴蝶翅膀，小心翼翼的朝星丸飛去。由於銀色鋼索的上方也有不少瀑布水流傾瀉而下，所以露子飛得相當謹慎，眼角餘光還可以看見本莉露在斷崖上奔跑。

『走鋼索的表演者逃走了？我們穿過海底，來到一個到處都是岩石的地方，還穿過了有條紋布簾的迷宮。如果這裡是馬戲團，空間有點太大了……』

露子書寫的過程中，背上一直傳來空氣被撥動的感覺，以及翅膀強而有力的鼓動感。由於飛在空中，而且心中沒有明確想要寫下的內容，只是想到什麼寫什麼，所以她的字寫得有點醜，線條也扭曲變形。

『我們走進馬戲團帳篷的入口，結果卻連通到一個空曠的地方，簡直就像是整個世界都變成了馬戲團。』

「星丸！」

頭頂上傳來本莉露的呼喚。

「我要跳過去了，你抓住我！」

本莉露保持冷靜，一點也不緊張。她主動跳下斷崖，讓露子嚇了一大跳。

因為本莉露不會飛，露子忍不住大聲尖叫。星丸深吸一口氣，巧妙操控翅膀尾端的羽毛，在空中迅速翻轉。接著他快速鼓動翅膀，掌握另一道氣流。本莉露正以倒栽蔥的方式疾速墜落，星丸朝本莉露伸出了手。露子心中驚恐不已，只能將筆和筆記本緊緊抓在手裡，什麼忙也幫不上。

就在這時……

「露子！繼續寫，不要停！」

正在墜落的本莉露，突然又喊出了一句話。此時露子才察覺到，她背上的翅膀正逐漸變得透明，身體也開始往下沉。

身體裡的所有器官彷彿都在往上浮，令露子感覺呼吸困難。

（怎麼辦……要是掉下去，浮島先生的故事就沒辦法完成了……）

露子緊緊閉上了雙眼。她閉著眼睛，手腕卻自己動了起來。最近露子一天到晚都在提筆書寫王國的故事，手腕已經非常習慣寫字的動作了。

『寫、寫、寫。』

她的腦袋一片空白，完全想不到可以寫的話。

不過書寫的動作還是發揮了效果。輕盈的翅膀開始強勁拍動，讓露子的身體往上浮起。原本即將消失的翅膀，在背上重新恢復了活力。隨著翅膀的鼓動，露子的身體上下起伏搖擺，朝著順利抓住本莉露的星丸飛去。

「多寫一點！那個特技師說過，如果妳停止書寫，翅膀就會消失！」

本莉露懸在半空中，任由星丸自背後緊緊抱著她。

「一定要一直寫才行？」

露子一邊嘆氣，一邊寫下：『真是的』。

「我們快去追那個傢伙！」星丸焦急的說。

「妳們都看見了吧？峽谷附近到處都有鋼索，那傢伙就是在鋼索上奔跑，他一定是馬戲團的鋼索師！」

『……許多瀑布蕾絲的附近都有彩虹，那不是因為下雨形成的，所以在太陽下山之前，那些彩虹都不會消失。鋼索師一直跑，動作非常靈活。』

露子不斷寫下自己看到的景象。

『彩虹、發光的鋼索、瀑布……四周的景色很漂亮，但是沒有半個客人……遠方的那座山，是一顆巨大的菊石嗎？』

「我們快走吧……等等，我一個人追會不會比較快？本莉露實在挺重的。」

「別抱怨了，不知道什麼時候我們又會進入完全陌生的地方，如果分開行動，很可能會迷路。」

「話是這麼說沒錯，但妳們可以在剛剛那個地方等我就好……要不然就是想辦法讓妳跟露子一樣，擁有可以飛的道具。」

「好好抓緊我，別抱怨個沒完，小心我下次派貘把你吃掉。」

露子一邊用翅膀在空中飛，一邊當起和事佬，安撫發生爭執的兩個人。

「你們別為這種小事吵架了……其實我也覺得我們在斷崖上面等比較好，這個翅膀真的很難操控！」

蝙蝠雨衣的翅膀可以將空氣緊緊抓住，但蝴蝶翅膀的飛行原理完全不同，空氣裡存在著許多由重力及氣流交匯而成的渦流，相當難以掌握，蝴蝶翅膀必須精確辨別這些渦流，在一瞬間從這個渦流飛往那個渦流，而且露子還必須一邊飛行一邊書寫，要長時間維持這樣的狀態，實在相當困難。

「話說回來，露子，我覺得妳那個翅膀的顏色，跟妳的雨衣顏色很搭呢……啊，我看到了，就在那裡！喂，你別跑了！快停下來，我們想問你一些關於馬戲團的事情！」

那個白色的影子果然就在前方，但是因為瀑布的水花，讓視野有些模糊不清。

『那個鋼索師在銀色的鋼索上回過頭，看起來相當害怕。他有著大大的鼻子及耳朵……不對，他的鼻子不是大，而是長，此外他還有一條很細的尾巴。他以兩隻腳站立在鋼索上，看起來是一頭相當年輕的象。這麼說來，他是……』

「追上了！」

星丸終於飛到不斷逃走的小象前方。他因為急於追趕直接穿過了一道瀑布，導致本莉露的身體全都溼透了。

小象發出宛如雛鳥的虛弱叫聲，捲起他那條稱不上粗壯的鼻子。

「你是馬戲團的鋼索師吧？你是團長嗎？我們在馬戲團裡迷了路。有人拜託我們修正這座馬戲團，說什麼客人不來，一定是某個地方出了大紕漏。」

『那頭小象怕得不得了，一直沒有開口說話。瀑布的水花讓數不清的彩虹及銀色鋼索閃閃發亮。他能夠在這個漂亮的地方來去自如，卻看起來相當沮喪，扭扭捏捏的，一句話也不說。

這座馬戲團不是在小小的帳篷裡，而是在寬廣的戶外，我們真的有辦法找出問題嗎？』

星丸問了這幾句話，反而讓小象更加畏縮。看起來像蝴蝶翅膀的耳朵，完全垂在他的後腦杓。他圓滾滾的身體穿著淡灰色的燕尾服，看起來相當體面。

「我……我……」

小象一邊哽咽一邊呢喃，聲音幾乎被水花聲掩蓋。他對用雙手緊抱著本莉露的星丸說：

「我並不希望你們修正什麼紕漏，我只是在追趕小丑……」

小象接下來又說了幾句話，但是聲音聽不清楚。在他抽抽噎噎哭泣的時候，原本什麼都沒有的半空中，竟然出現了一隻白色的兔子。

那隻兔子，當然就是之前出現過的神祕兔子！他忽然縮起身體在空中翻了一圈，降落在小象的頭頂上。

「哎喲，這裡可不是表演的舞台呢。你們有門票對吧？我看見那門票就夾在書本裡。既然有門票，那就是客人，請往這個方向前進！」

兔子站在小象的頭頂上，恭敬的朝三人鞠躬行禮，接著舉起毛茸茸的白色手臂，指著峽谷的遠方。露子看見的那座形狀奇怪的山，就在那個方向。

下一秒，小象與白兔的身影突然消失無蹤，彷彿泡泡破掉一般，沒有任何徵兆。眼前只聽得見瀑布的水花聲，只看得見無數的銀色鋼索，以及一直沒有消失的彩虹。

十三　沿著谷底前進

即使隔著長靴，腳踝碰到水還是相當寒冷，露子趕緊跳上旁邊的岩石。本莉露在爬上岩石的時候，也小心翼翼的把書本藏在衣服裡，避免弄溼書本。

「……現在只能照『雜七雜八』說的，前往表演舞台了。」

本莉露從條紋帽子裡取出那張表面像鏡子一樣的門票，露子與星丸也各自從口袋裡掏出紀念品店特技師拿給他們的門票。

露子看了一眼那張門票（上頭映照出自己皺著眉頭的模樣），愈看愈感覺心裡發毛，趕緊將門票塞回雨衣的口袋。

「都怪那隻兔子來攪局，我本來還想問那個鋼索師走鋼索的技巧呢。」

「走鋼索的技巧？在這個節骨眼，要問的應該是關於馬戲團的事吧？」露子蹙著眉頭說。

本莉露似乎想要安撫露子的情緒，她故意走到星丸的面前，對星丸說：

「那頭小象應該不是鋼索師，而是團長吧？紀念品店的特技師說過，馬戲團的團長是一頭象。」

「但是她也說過每個馬戲團成員都負責好幾項工作……算了，不管了，我最主要的目的只是想看馬戲團表演。」

星丸故意將門票舉到頭頂上，用票券的鏡面反射陽光和彩虹。

「但是……這個馬戲團到底有什麼企圖？他們為什麼要故意讓我們做這種事？不，我想這不是整個馬戲團的主意。那頭小象說過，他並不希望我們修正什麼紕漏……」

露子的眉頭愈皺愈緊，她有種預感，或許他們又要進入奇怪的地方了……現在最重要的事情，明明就是完成王國的故事啊。

（對了莎拉應該不會有事吧？）

舞舞子帶莎拉前往照照美的庭園，或許莎拉幫忙整理完庭園，會把照照美帶回「下雨的書店」……說不定還會和舞舞子一起把完成的蛋糕帶回來。

「我們得趕快回店裡才行，這個馬戲團跟我們沒什麼關係。」

本莉露聽了聽完露子的話，露出狐疑的表情看著露子說：

「露子，當初是妳把馬戲團帶回來的，不是嗎？」

「我帶回來的？這怎麼可能！」

露子不可置信的瞪大了眼睛，本莉露卻流露出有點犀利的眼神。

「這個馬戲團並不是原本就存在於裂縫世界。當初妳到丟丟森林找我的時候，不是遇到了奇怪的事情嗎？如果這個馬戲團打從一開始就存在於裂縫世界，馬戲團的成員應該不會故意干擾妳前往丟丟森林。」

瀑布的流水撞擊在無數銀色鋼索上，讓整個峽谷充塞著大量聲響。如果能夠再增加一點音色，或是將所有聲音設法串在一起，或許就能變成一首樂曲。

「話是這麼說沒錯……但我真的什麼也不知道。我從來沒讀過關於馬戲團的書，也不曾作夢夢到，當然更不曾看過真正的馬戲團表演……我滿腦子只想著王國的故事。」

說到這裡，露子忽然吃驚的問：

「難道又是……某個人的想像出現了氾濫的狀況？」

本莉露與星丸嘟起嘴，互看了彼此一眼。他們沒有回話，因為他們也不知道答案。

「總而言之，我們先前往剛剛在斷崖上看見的那座小山吧。或許到了那裡，就能發現一些線索……不管是要修正這個馬戲團的紕露，還是要離開這裡，應該能有些眉目。」

星丸伸手指向剛剛白兔所指的方向。露子一方面覺得星丸的建議頗有道理，另一方面也發現星丸的聲音流露出一股難以壓抑的興奮情緒。露子心想，或許星丸也跟自己一樣，沒有看過真正的馬戲團表演吧。

露子他們不斷前進，有時涉水渡過冷冽的水窪，有時爬上岩石，有時越過坑洞。他們的頭頂上不停灑下大量水花，不一會兒功夫，三人的頭髮和臉都溼透了。

星丸沒有變回小鳥的模樣，而是率先走在隊伍的最前頭，儼然成了探險隊的隊長。太陽還沒有下山，好幾道不會消失的彩虹在三人的頭頂上層層交疊。從天上灑下的明亮陽光，彷彿無數懸浮在空中的透明結晶，讓露子看得陶醉不已。

「好遠啊……走到那裡的時候天都黑了，我看還是用飛的吧？」

本莉露一邊爬上岩石，一邊瞪了發牢騷的星丸一眼。

「在抱怨之前，麻煩你先飛上去，看看還有多遠。」

星丸立刻變成小鳥，發出一聲粗魯的鳴叫，振翅飛到峽谷的上方，確認那座小山的位置。接著他飛了回來，在腳著地之前變回人形，對她們搖了搖頭。

「露子，我看妳還是得使用那本筆記本，不用飛的恐怕永遠也到不了。我可以抱著本莉露飛……最大的問題是她很重，我沒辦法抱她飛很久。」

露子有些猶豫，不曉得該不該點頭。微小的水氣不斷灑落在蝴蝶筆記本的表面，那本筆記本看起來就像是活生生的蝴蝶翅膀，在雨中微微顫動著。

……一想到剛剛使用這本筆記本飛行的情景，露子感覺胸口彷彿壓了一塊大石。

「不行啦，我沒辦法一邊飛一邊好好寫字。」

露子翻開剛剛用隨心所欲墨水筆寫字的那一頁，舉到星丸的面前。上頭的字確實像鬼畫符，根本看不出寫了什麼字，比鬼魂那扭來扭去的獨特字跡更慘。

「這個……確實不太好看。」

星丸盯著筆記本看了一會兒，忽然歪頭從橫向看過去，最後皺起眉頭輕輕嘆了一口氣，轉身繼續往前走。露子跟在星丸背後，突然對自己寫的那些字感到很丟臉，忍不住緊緊握住了筆記本。

「因為……我對這個馬戲團一點也不了解，根本寫不出像樣的內容。我還要一邊寫一邊思考前後連貫性，這實在是太難了。」

瀑布水花落下的滴答聲，感覺變得愈來愈大。

星丸輕鬆爬上一顆巨大的岩石，轉頭望向露子與本莉露，擔心兩人沒辦法跟上。

「前後連貫性？妳是說妳會思考故事的發展，以及最後的結局嗎？」

露子對星丸的問題點了點頭。自從決定和鬼魂一起撰寫王國的故事，露子便下定決心，要好好學習寫故事的技巧。寫故事其實就跟做菜一樣，必須先蒐集好材料，設定好食譜，然後依照順序將它完成。

「剛開始就知道結局？這簡直就像是一趟安全的旅行……好吧，或許探險隊也可以做到，但這不是一個勇敢的冒險家應該做的事。」

如果水花的聲音能將自己的動作和剛剛說的話全部掩蓋就好了……露子不禁這麼想著。本莉露超越露子，攀住星丸已經爬上的那顆岩石。

「你根本不讀書還敢說大話。書的內容跟你那些到處亂走、到處亂飛的冒險完全不一樣！」

「是嗎？我確實不曾坐下來好好看一本書，但如果旅行時不知道終點在哪裡就不敢出發，那實在是太膽小了。」

露子不再開口說話，粗魯的將蝴蝶筆記本塞進雨衣的口袋裡。雖然長靴的鞋底不斷打滑，她還是努力攀著岩石往上爬。星丸伸手想將露子拉上去，但露子不肯接受他的幫忙，只是看著眼前凹凸岩石的表面，獨自往上爬。

接下來，三人都不再開口說話，默默沿著峽谷底部的崎嶇道路前進。

十四　菊石之夜

他們已經走了多久？

露子三人看著峽谷上方的天空逐漸轉變為深沉的靛青色，看著那些照亮了瀑布水花的無數彩虹一道接著一道消失。

隨著傍晚的到來，峽谷底部變得愈來愈昏暗，前方的崖頂反而變得明亮而燦爛，或許是因為那附近打了大量的燈光吧。

「你們看！」

本莉露伸出手指指著前方。因為走得太久，她已經累得氣喘吁吁，伸得筆直的手臂和手指都隨著肩膀上下起伏。

前方不遠處就是峽谷的盡頭，可以看見一大片岩壁，壁面有著蜿蜒向上的石階。

星丸變成了小鳥，先飛到上頭觀察狀況。沒過多久，那隻琉璃色的小鳥飛了回來，搖頭晃腦的停在露子的頭頂。

「妳們趕快爬！上面有很香的味道，我肚子快餓死了！」

在星丸的催促下，露子和本莉露開始爬上那座鑿在岩壁上的石階。那道石階非常狹窄，而且兩人的鞋底都是溼的，為了避免失足滑落，兩人一路上都小心翼翼的隨時互相提醒，同時也盡可能加緊腳步往上爬。

岩壁上方的天空，此時已經染成深邃的藍色，終於完全入夜了。隨著夜晚的降臨，原本不斷自後方傳來的水聲竟然逐漸消失。

從岩石縫隙不斷噴出的無數瀑布水流，不過一眨眼功夫竟然全都停了，簡直就像是有人關掉了水龍頭。不再有任何水花撞擊銀色鋼索，原本熱鬧嘈雜的峽谷彷彿進入了沉睡狀態。

另一方面，隨著三人愈來愈接近崖頂，來自上方的光線逐漸輝煌明亮。而且就像星丸說的，確實可以聞到又甜又溫暖的香氣。

「哇……」

三人終於抵達了階梯的頂端。露子看見眼前燈火輝煌的景象，不由得發出讚嘆，並且停下了腳步。本莉露站在旁邊，反應也跟露子大同小異。

座落在三人前方的，是一座有著錯綜複雜街道的巨大城市。每一棟建築物都閃爍著金色光芒，彷彿噴發著無聲的煙火，可見這並不是一座普通的城市。當初剛進入馬戲團從遠方遙望的時候，還以為這裡是一座圓形的小山丘，然而來到近處一瞧，才發現所謂的小山丘，其實是由各種不同高度的建築物聚集而成。

不僅如此，這些建築物其實都是由大量的化石或是嵌在化石之中的水槽堆積而成。每一棟由黃金化石組合而成的建築物，都像是巨大的棚架，水槽嵌在裡頭沒有浪費任何空間，而且每個水槽裡頭都有生物在游動。

「這是奇蝦[2]嗎？這個更帥氣，是一條穿著鎧甲的魚！不過看來看去，大部分都是菊石。」

星丸毫不猶豫的踏進那座城市，興致勃勃的仔細觀察每一個水槽。這裡簡直就像是一座古生物的水族館。

「……有書！」本莉露突然發出驚愕的呼喊。

在化石間的狹窄縫隙裡，露出了一本書的書背。那本書的顏色和周圍的化石一樣是深金色，那不是裝飾用的假書，而是真的可以拿下來看的書籍……而且仔細一看，類似的書籍不只有一本，放眼望去到處都有。這些書籍裝訂得非常漂亮，和古生物化石靜靜的擺在一起。

整個城市不管是高低不平的道路，還是參天而立的高塔，都是由化石組成。而且每一層都鑲嵌著水槽，裡頭各自有生物在蠕動著。然而本莉露的雙眼已經完全被剛剛拿到手的書籍吸引住了，不管水槽裡有多麼稀奇的生物，她都不會多看一眼。

「……這裡沒有其他人嗎？」

露子愣愣的站著不動，朝這座城市（這裡到底能不能算是城市，她實在是說不上來）的每個角落左顧右盼。雖然水槽裡有各式各樣的生物，但是路上完全沒有行人，整個空間顯得肅穆而靜謐。

「總之我們先到裡頭看看吧。既然那隻兔子說有馬戲團表演，一定會有其他人才對。」

星丸在頭頂上快速拍動著翅膀。

每顆化石都散發著光芒，宛如一朵朵黃金之花。至於水槽裡的那些生物，有些不斷搖擺著透明的尾巴，有些沿著玻璃爬來爬去，有些則張著五隻眼睛仰望夜空，彷彿各自忙著自己的事。這裡的道路非常複雜，每個角落都刻意設計了一些縫隙，用來擺放擁有相同封面的書籍。

2 生活在距今約五億年前的生物，外觀類似現代的蝦子。

「……這裡不管再怎麼看，都不像是馬戲團呀。」

露子忍不住低聲咕噥。

本莉露像是失了魂似的，走路一直搖搖晃晃。如今她找到了一本可以看的書，大概早已將馬戲團的事情拋到九霄雲外。

從那堆發光化石的後方，不斷飄來甜味和鹹味混合而成的香氣。露子很肯定，那是星丸最喜歡吃的焦糖脆片的氣味。

露子拉著本莉露的手腕，朝氣味飄來的方向走去。要是不這麼做，本莉露很可能會一個人走往完全不同的方向。突然間，一道聲音隨著香氣一起飄了過來，站在露子頭頂上的星丸也緊張得蓬起了全身的羽毛。

「嗚……嗝！看來這裡每一本書都是一千年前的書，這種陳年釀造～真是讓人欲罷不能。」

這種說話語氣像在唱歌的聲音，配上半醉半醒的打嗝聲……露子嚇得張大眼睛，停下腳步抬頭望向頭頂的星丸。

「那個聲音不是……」

星丸沒有答話，但是他心裡想的事情大概就和露子一樣吧。

「嗝、嗝，這裡就像是亙古繁星的靜謐宴會會場！我的運氣真好～碰巧走到了這樣的地方！今晚我一定要大～醉一場，沉浸在書本的世界裡……嗝！」

露子緊張的躲到一根由扭曲尖角化石聚集而成的柱子後頭，悄悄窺探前方的狀況。

果不其然，不遠處的地上，堆滿了從這座城市各個角落蒐集而來的書本，一道影子正拿著其中一本書不斷翻看。

這座城市的深處，有一座圓形廣場，廣場的地面是一顆巨大無比的螺貝化石。站在正中央的那道影子，正不停扭動著長長的尾巴，露出一副樂不可支的模樣。他的頭頂長著五隻角，嘴裡露出兩排尖牙，就連頭蓋骨也裸露在外。他脖子的骨頭和長頸龍一樣又彎又長，頸骨的下方連接著脊椎骨和同樣裸露在外的肋骨。就連那粗壯的手腳，以及整根長長的尾巴，也都是由骨頭組成的。但是他並沒有死，當然更不是化石。

突然間，星丸大叫一聲，因為他看見沉迷於書本的骷髏龍旁邊，有間小小的攤販正冒出美味的香氣。雖然放眼望去沒有看見攤販老闆，但是檯面上擺著許多防油紙袋，每一袋裡頭都裝滿了香氣四溢的焦糖脆片。那些脆片都是先將焦糖融化之後打薄，再撒上帶著香氣的鹽巴製成。除此之外，攤子裡還有一瓶瓶蘇打水，似乎正等著客人將它們倒來喝。

「嗨！書來瘋先生！」

星丸非常大膽的飛了過去，一來是因為他想要趕快吃到自己最喜歡的零食，二來也是因為他知道那個看起來很可怕的骷髏龍並不是什麼邪惡的大壞蛋（至少現在不是）。

「嗝！」

那隻骷髏龍就是神祕狂龍——書來瘋先生。他早已失去了眼球，眼睛只剩下兩個陰暗的空洞，所以只能轉動整個頭骨，到處左顧右盼。

「這個聲音～我好像在哪裡聽過！沒錯、沒錯～就是那家拯救了我的古書店……這是在店裡飛來飛去的那隻鳥的聲音！」

「沒錯，就是我！我在這裡，露子她們也來了！」

星丸在骷髏龍的頭骨附近飛來飛去，同時用鳥喙指向露子和本莉露。露子拉著眼睛直盯著書本看的本莉露，走到書來瘋先生的面前。

「唔……好久不見了，書來瘋先生，你好嗎？」

骷髏龍書來瘋先生一看見露子，又打了一個大大的嗝。

「噢～這可真是奇遇！或許這就是命～運的安排吧！妳不是『下雨的書店』的『降雨者』嗎？」

骷髏龍高亢的聲音，在這座黃金化石的城市裡不斷迴盪，當餘音完全消失之後，整座城市又恢復一片寂靜。看來除了這裡，其他地方一個人也沒有。

「看啊！菊石之月升上了天際，彷彿見證我們的相會！」

書來瘋先生仰頭對著天空吼叫，露子她們也跟著抬頭望向天空，只見一輪滿月（看起來像凹凸不平的螺貝）升到了廣場的正上方，散發出略帶生鏽感的金色光芒。是誰在操控那顆月亮呢？那顆巨大菊石上升到廣場頂端就完全不動了，靜靜的散發著莊嚴的光芒。

「喂，我問你，我們是在馬戲團裡頭嗎？有人告訴我們這裡有表演。」

星丸不斷發出鳥叫聲，同時衝向攤販，不管三七二十一就啄起了焦糖脆片。

「星丸！老闆不在，你不能直接吃！」

露子大聲斥責，不過書來瘋先生伸直了頸骨，搖著頭說：

「不用擔心，儘～管吃吧。我被書本的香氣吸～引到這裡時，那些穿著奇

裝異服的人和顧攤的店員全～都嚇得逃走了。那時候店員一邊跑一邊說『拜託不要吃我們，去吃攤子裡頭的東西吧』，所以～我想這裡的東西都可以自由享用！可惜我的身體只剩下骨頭，什麼也不用吃、不用喝……嗝！」

書來瘋先生說完，便喜孜孜的看著星丸吃個不停，接著轉頭對露子說：

「『下雨的書店』的降雨者啊，你們的古書店最近如何？那隻心～高氣傲的滅絕物種老闆，經營古書店還順利嗎？」

露子沐浴著螺貝的月光，在骷髏龍那沒有眼珠的眼睛凝視下，頓時說不出話來。此時書來瘋先生的注意力，轉移到了手腕被露子牽著的本莉露身上。

「嗝！這可真～是不得了！小小的身軀竟～然是個愛書人，擁有如此強烈的讀書欲望，連我如此漫長的生命也望塵莫及！」

仔細一想，本莉露與書來瘋先生確實互不認識。從前書來瘋先生曾經為了找書而跑遍裂縫世界的每一家書店和每一座圖書館，如果發現不中意的書，還會毀掉整家店，可以說是相當可怕的大壞蛋。

（但要說到可怕，剛認識本莉露的時候，她不也是這樣嗎？）

想到這裡，露子決定壓下突然重逢的驚懼，好好向書來瘋先生打招呼。

「她叫本莉露，是我們的朋友。就像你看見的，她是個非常喜歡看書的人。本莉露，這隻龍是書來瘋先生，他曾經造訪過我們『下雨的書店』。」

本莉露聽著露子的介紹，視線卻不曾從書本上移開。看到這個情況，書來瘋先生露出賊兮兮的笑容。

「那邊有古代月面帝國的全套敘事詩，那裡有舊迪特特里共和國史，以及出身於該國的偉大打盹流哲學家達魯基流斯的問答書，另一邊則有古代人從洞窟移居到人工居所的時期，大人為孩子們蒐集的童謠集，以及殘酷無比的童話全集。此外，還有描寫倖存恐龍的散文詩，以及剛變成鳥的空中考察及感想集……我現在在讀的這一本，是溫布列里卡的冒險記。」

書來瘋先生如數家珍的說個不停，原本心不在焉的本莉露，視線逐漸被骷髏龍手上那本書吸引。她掙脫露子的手，走到書來瘋先生的旁邊，跟他一起讀起了那本書。

「等等……本莉露！」

露子急忙呼喚，本莉露卻充耳不聞。

「露子，妳不吃嗎？」

星丸在攤子裡一邊咀嚼焦糖脆片一邊問。那輕盈的鳥叫聲，化解了露子心中的惱怒。

「嗯，等等再吃……」

其實露子此刻也已經飢腸轆轆，只是心思轉移到了其他事情上，一時沒有注意到自己的飢餓。

本莉露與書來瘋先生都不發一語，兩人湊在一起讀起了那本書。若不是身體的大小相差太多，他們簡直就像是一對雙胞胎。露子很清楚，當他們進入這種狀態，至少要讀完一個章節，否則他們絕對不會分神關心其他事情。

於是露子獨自踩著長靴，走向這座化石城市的外緣。懸浮在空中的菊石滿月，照亮了露子腳下的道路。水槽裡的生物一直盯著露子看，似乎認為用兩條腿走路的生物相當稀奇。

略帶生鏽色澤的金色光芒，襯托著自遠古時代就不斷出現的螺旋外型……那巨大的月亮，懸浮在正常月亮不可能出現的高度，俯瞰著下方的一切。

（對了，這不正是我想要描寫的場景嗎？我所寫的王國故事……下一個場景……）

露子仰望著月亮，內心受到相當大的感動，不知不覺伸手按住了口袋。露子寫故事用的那本筆記本，正耐著性子靜靜等待機會。

光輝燦爛的黃金化石群，以及不停動來動去的水槽生物……當露子將視線從他們身上移開，想要呼吸一下外頭的空氣時，這才驚覺遠方的景色有了巨大的變化。

十五　菊石之夜之夜

原本應該有一道長長峽谷的岩石平原，如今竟然變成有如鏡子般的平靜水面。天上布滿了星辰，眼前一望無際的水面沐浴著來自化石城市的光芒，反射出熠熠金光。簡直就像是停留在城市正上方的那輪巨大菊石之月，將大量的海水引了過來。

看不見邊緣的夜晚海面，不斷迴盪著沙沙聲響。剛開始的時候，那個聲音非常細微，但如果仔細聆聽，就會發現那聲音正從遙遠的地方逐漸靠近。

那規律振動空氣的聲音，似乎是有什麼東西正在撥著水，不僅如此，還隱約傳來了呼喚聲。

「喂……」

聲音在海面上形成回音，難以聽出到底來自哪個方向。

「喂——！」

露子將手掌放在嘴邊，大聲喊了回去，但她的聲音彷彿在黑暗的世界消失得無影無蹤。

「喂——我在這裡！」

露子又喊了一次，沒想到傳來的回應聲，竟然比原本的預期近得多。

「看這邊！看這邊！」

那是古書先生的身影，絕對不會錯！那隻永遠板著一張臉的渡渡鳥，突然出現在光芒可及的範圍內，那碩大的鳥喙及滿月形的眼鏡讓露子嚇得輕聲驚呼。

「古書先生？」

古書先生竟然手握船槳，坐在一艘白色的船裡。露子看得瞠目結舌，不知該有什麼反應。古書先生瞪了露子一眼。

「妳可真是亂來！趁我們在製書室的時候，妳又跑去幹了什麼好事？算了，妳不用說我也猜得出來！一定又是一趟飛來飛去、跑來跑去的大冒險，對吧？妳明明說要寫故事，卻還這麼沒有定性……說真的，連我也沒料到會發生這樣的事態。」

古書先生以翅膀抓著小小的木槳，不停划著，讓船靠近露子的方向。船上沒有其他人，他似乎是自己一個人來到了這裡。

「古書先生，你是怎麼跑到這裡的？我們……」

露子想要問個清楚，但她的話還沒有說完，古書先生就從翅膀底下抽出一張閃閃發亮的東西。露子看了，又發出一聲驚呼。那是一張看起來像鏡子的卡片，和自己身上的馬戲團門票一模一樣。為什麼古書先生也有馬戲團的門票？

「我的店裡竟然有這種東西……說得更明白一點，是夾在我讀到一半的書裡。我想這如果不是你們幾個的惡作劇，就是讓你們幾個跑得不知去向的原因。我把它拿起來仔細看了兩眼，沒想到連我也跑到這個地方來了。」

「浮島先生呢？」

古書先生不是帶浮島先生去了製書室嗎？難道古書先生要他留下來看店？

「他畢竟是人類裡頭的大人，沒有那麼多時間耗在店裡等妳們回去，所以他寫了這個要我轉交給妳們。」

古書先生將船停靠在岸邊，下船之後抓緊船首不讓船隻搖晃，接著從船上拿起一張摺疊起來的紙交給露子。

露子攤開紙張，看到浮島先生用混合了青色與灰色的墨水來寫信：

古書先生說妳們可能出門冒險了，我們去丟丟森林找過，但是只有貘在那裡，所以我想古書先生說得沒錯。

由於我還要處理樂器店的事，週末也要照顧外甥及姪子，所以決定先回去了。祝妳們冒險一切平安，下次有機會再來拜訪。

信上的字跡相當娟秀，露子反覆讀了兩次。這樣的一封信，簡直就像是母親出門買菜前留在桌上的便條紙。在裂縫世界裡讀這樣的信，讓露子感覺有些格格不入。

「……原來浮島先生回去了，那鬼魂呢？」

「鬼魂還留在店裡拚命寫稿。」

古書先生從白色的船上拉起一條繩索，將船拉上岸，然後把繩索的另一頭綁在突起的化石上。

「拜託你們以後不要做這種魯莽的舉動！不只是你們，就連舞舞子也從店裡消失了，要不是還有那兩隻精靈，我恐怕就得組織搜索隊去找你們了……舞舞子的情況還比你們好一點，至少她派了精靈幫忙傳話。」

渡渡鳥腳步沉重的踏在散發著生鏽色澤的金黃地面上，抬起粗大的鳥喙，看向天空中的菊石月亮。

「話說回來，這裡到底是什麼地方？」

古書先生雖然皺著眉頭，但從他的表情看起來，這個散發出莊嚴氣氛的地方，由化石及古代生物水槽所組成的城市，似乎讓他頗為感動。

「這裡好像是一座馬戲團。」

露子嘴上這麼說，自己卻沒有什麼自信。古書先生的出現讓露子鬆了口氣，但是該怎麼向古書先生說明，露子也摸不著頭緒。

「馬戲團？我怎麼看這裡都不像是一座馬戲團。」

古書先生再度揚起碩大的鳥喙，環視眼前這座由化石組成的街道。就在這個時候……

「嗝！嗝！嗝！」

接連響起的打嗝聲振動了空氣，古書先生不由得露出吃驚的表情，轉頭望向露子。

「……沒錯，就是這麼回事。」

露子對啞口無言的古書先生說：

「書來瘋先生也在這裡。」

古書先生驚訝得張大了鳥喙，露出渡渡鳥那又尖又白的舌頭。

露子保持冷靜，將來龍去脈說明了一遍，接著將古書先生帶往圓形廣場。

回到圓形廣場時，星丸已經從小鳥變成了男孩。他站在焦糖脆片的攤販前面，拿著一個大紙杯，將蘇打水往裡頭倒。

「咦？」

星丸忽然抬起頭，使得不斷流進杯裡的蘇打水泡泡飛濺了出來。古書先生轉頭望向在廣場堆積如山的那些金色封面書籍。

「嗨！古書先生，你也來了！真沒想到你會獨自冒險來這個地方，真是太稀奇了！」

古書先生匆匆趕到這個地方，卻聽見星丸說得這麼輕描淡寫，心情想必相當惱怒。

「我也這麼認為，但先別管這個了……你竟然在書本的旁邊喝那種東西，這真是太亂來了！要是濺到書上，你打算怎麼處理？」

「這些書看起來裝訂得很牢固，就算稍微沾溼也不會壞掉的。」

古書先生聽了，氣得鳥喙都發出了喀喀喀的碰撞聲。

「你在說什麼蠢話？不管書籍裝釘得牢不牢固，大本還是小本，書就是書！只要沒有好好善待書本，一定會在書上留下遺憾。一個會在書上留下遺憾的人，等於是向世間宣告自己的愚笨。」

本莉露與書來瘋先生一起讀的那本書，不知不覺已經沒剩下幾頁了。本莉露一直屏著呼吸專心看書，簡直就像是置身在一座偉大的美術館內。旁邊的書來瘋先生以輕柔的動作扭動一節一節的骨頭，轉頭望向古書先生。

「哎喲，真是稀客！」

水槽裡的生物們，靜靜看著一隻渡渡鳥與一隻骷髏龍，在巨大的螺貝化石上相遇。

「你不是『下雨的書店』的老闆，模里西斯的渡渡鳥——古書先生嗎？」

書來瘋先生高聲大喊，下巴的骨頭因為興奮而響個不停。

「久疏問候，書來瘋先生。你看起來氣色不錯，依然沉浸在書本之中，真是讓人欣慰。」

書來瘋先生以長著多叉尖角的頭骨恭恭敬敬的點頭鞠躬，回應古書先生的寒暄。

「上次你送給我的『下雨的書』，我已經反～覆品嘗了七百九十六遍，真感謝你推薦那麼棒的書……我正打算要去拿新～的『下雨的書』呢。」

「正巧，我們『下雨的書店』的自豪之作即將完成。有位幻想者來到我的店裡拜訪，他的想像可說是無邊無際，因此有『王國』之稱。我們『下雨的書店』正在盡全力將他的王國故事製作成書。」

「噢~那可真是令人食指大動！」

書來瘋先生抬起脖子大聲吼叫，就連夜空中那些排列成星座的星星，也彷彿聽見了那聲吼叫，因而微微顫抖。

「我們一定會完成這本曠世奇書……書來瘋先生，到時請你務必一讀。」

古書先生用力點了點他的鳥喙。

「真是榮幸，我應該心懷感恩！我活完了屬於我該活的所有時間，失去了所有的皮肉，還犯下了罪過……沒想到未來還能讀到這種書中極品！」

如果書來瘋先生還能流淚，或許他頭骨上的那兩個孔洞，會落下一顆顆碩大的淚珠。

「這本正在成長的書，預計何時會擺在『下雨的書店』的書櫃上？」

「不會讓你等太久。我們的作家——靈感先生，以及這個初出茅廬的故事寫手，正在盡全力寫出書中的內容。」

露子聽見古書先生說自己是初出茅廬的故事寫手，不禁面紅耳赤，同時咬著嘴脣，緊緊按住了口袋裡的筆和筆記本。

「別說這些了，現在我們的重點，是要拯救這座馬戲團。」

星丸喝光蘇打水，一邊用袖子擦嘴一邊說。

「那個馬戲團到底是什麼來歷？」古書先生以不滿的口吻說道。

但是回答這個問題的人並不是星丸，也不是露子。

「這是馬戲團的入口，它從外面的世界跟著露子來到了這裡。」

讀著書的本莉露忽然抬起頭來，舉起那本有著條紋外觀的書籍。菊石的滿月照亮了那本書的封面。

「外面的世界？」

古書先生的眼鏡鏡片閃爍著異樣的光芒。

「等等，本莉露，妳怎麼會知道這種事？」

露子問完，本莉露便翻轉手中那本書，把書背朝向露子。露子一看，不由得發出驚呼。

書背上並沒有印出書名及作者，邊角上卻貼著一枚扁平的標籤。那張標籤原本是黃綠色，或許是因為經常晒太陽，現在已經完全褪色泛白。露子不禁暗想，為什麼自己一直沒有發現呢？這不是自己和莎拉經常造訪的市立圖書館的藏書標籤嗎？

「看了這裡的書之後，我發現這本條紋封面的書實在和這裡的書長得不太一樣。不僅如此，這本書和『下雨的書店』的書也不太相同。我想這本書上頭的標籤，應該是想讓人知道這本書的歸還位置吧？」

「這是圖書館的書？但我這次沒有借書……莎拉似乎借了幾本書，但她借的書應該比這本書大得多……」

露子愈說愈沒有自信，聲音也愈來愈小。古書先生向前踏出一步，朝本莉露伸出鳥喙說：

「讓我看看。」

本莉露點點頭，將書交給古書先生。

「千萬別翻開，不然我們可能又會被送到不知名的地方。」

古書先生看了看封面，再看了看封底，確認完全沒有印任何文字之後，又仔細觀察書背上的那張標籤。

「嗯……乍看之下似乎是圖書館的藏書，但這其實只是借用了書本外觀的某種道具。我想這或許是那個馬戲團的一種裝置吧。」

古書先生納悶的皺起眉頭，謹慎小心的將書本翻回正面，以翅膀撫摸封皮。那有著藍白條紋的封面散發出細緻的光澤，每次改變角度都會閃動高雅的光芒。

「但是外面世界的書，怎麼會跟著人類進入裂縫世界？我從來沒有聽過這樣的事情。」

書來瘋先生也將臉湊了過來，正當他要開口說話的時候，沒想到又有怪事發生了。

古書先生用翅膀抓著的那本書動了起來，大家還來不及反應，書本已像炸裂般猛然翻開，從書中彈出一顆有著條紋模樣的大球。那顆球高高飛起，在空中一邊旋轉一邊下墜。

在墜落的過程中，球的外觀不斷改變，長出了大大的耳朵及細長的鼻子。沒錯，那顆球的真面目正是那頭白色的小象。

十六　玻璃茶室

小象的耳朵像蝴蝶翅膀一樣張開，輕巧的落在地上，彷彿完全沒有重量。星丸忍不住吹了一聲口哨。

小象在眾人的中央併攏雙腿漂亮著地，朝眾人彎腰鞠躬。接下來，他用耳朵摀住了臉，鼻子捲成一圈，顯得相當害羞，燕尾服領口上的銀灰色蝴蝶結被擠出了不少皺紋。

「這可真是高明啊！高明！」

書來瘋先生一邊稱讚，牙齒也同時發出碰撞的聲響。古書先生睜大了滿月眼鏡後頭的一對眼珠，露子也忍不住指著小象。

「你……你剛剛為什麼要逃走？你不知道我們一直努力在追你嗎？」

小象那捲成一團的鼻子發出了「吱吱」聲，他垂下頭，以上揚的視線看著眾人。他有著深咖啡色的眼珠，神情看起來畏畏縮縮的。

「那個……我、我不是故意逃走……我是馬戲團的……」

「你是馬戲團的鋼索師對吧？你教我怎麼走鋼索好不好？剛剛你真的好厲害，我飛得那麼快還是追不上你……不過那也是因為我抱著這個丫頭啦。」

星丸將臉湊到小象面前，小象嚇得全身發抖，眼眶含著淚水，似乎隨時都會哭出來似的。

「我、我不是鋼索師……我、我是……」

小象結結巴巴解釋的時候，本莉露忽然朝星丸踏出一步，打斷了小象的話。

「你不要叫我『這個丫頭』，我的名字是本莉露。」

「好啦，我知道。妳明明是從露子分離出來的，怎麼這麼愛生氣？露子比妳傻里傻氣多了。」

此時，小象稍微鬆開了原本捲在一起的鼻子，像蝴蝶翅膀一樣蓋住臉頰的耳朵也張開了，頭頂上的一撮柔毛微微搖曳著。

「我、我是魔術師……是這座馬戲團的團長，白色長鼻象，我叫蘭蘭．雷寧。」

他以流暢的動作向眾人鞠躬，讓大家感到相當錯愕。這幾句話和問候的動作，他一定練習了很久吧。

（他就是團長？）

沒錯，那個紀念品店的特技師曾經說過，馬戲團的團長是一頭象。當初露子他們目睹小象輕輕鬆鬆的跑在銀色鋼索上，也曾猜測他就是團長……但如今小象站在眾人的面前，看起來相當緊張，實在不像是能夠當團長的人物。

「那隻兔子呢？他不在這裡嗎？」站在小象背後的本莉露開口詢問。

小象非常有禮貌的轉身，搖了搖頭說：

「雜七雜八沒有和我在一起……他是這個馬戲團的小丑，我一直在躲他。我也不知道我們的作法正不正確，我的心情好複雜……」

小象的聲音語帶哽咽，似乎隨時都會哭出來。那白色的身影置身在金色月光與菊石城市的肅穆氣氛裡，簡直像是一個徬徨無助的鬼魂。

「我們的作法？那是什麼意思？紀念品店的女特技師，說你們的馬戲團可能出了紕漏，希望我們幫忙修正。」

小象蘭蘭．雷寧聽了露子的話，一邊扭動鼻子，一邊點頭說：

「對啊，沒有錯。我們的馬戲團一定在某個地方有嚴重的紕漏……但我們找不出來，所以雜七雜八提議請別人來幫我們修正，我們才一直跟著你們來到這個地方……但是……」

露子漸漸同情起這頭小象。假如莎拉也在這裡，他們一定能夠變成好朋友，可惜她現在在照照美的庭園……舞舞子的蛋糕不曉得做出來了沒有？

「請問……各位會不會口渴呢？如果各位不反對，我想要變更一下舞台。」

小象說完這句話，忽然開始甩動鼻子，就像是魔法師揮舞手杖一樣。

正如同他的宣告，周圍的景色在轉眼之間變得截然不同，原本可以看見星座的夜空，變成了淡水藍色的晴朗白天，腳下則變成一大片無邊無際的淺海，顏色彷彿汲取自天空最清澈的部分。

化石城市消失得無影無蹤，包含露子在內，所有人都置身在一間懸浮於空中的房間。這個房間沒有門也沒有窗戶，卻可以看見四面八方的水平線，因為地板、天花板，以及所有牆壁都是透明的玻璃，沒有任何阻隔視線的東西。而且這個宛如透明箱子的房間，竟然懸浮在半空中。

「啊！抱歉，身體太大的客人沒辦法進來……唉，我真是的，怎麼又犯錯了……」

仔細一看，大家才發現唯獨書來瘋先生沒有進入透明的房間，而是站在水裡。骷髏龍興致盎然的左顧右盼，伸手掬起一把水面下方的雪白沙子。許多小魚在水裡成群游來游去，身上的鱗片反射出閃亮光芒。

露子用手撐著地板仔細觀察，發現水裡除了魚，還有長得相當古怪的蟲子爬來爬去。露子不知道那是什麼動物，所以在心裡默默記住了牠的模樣，打算回去查一查圖鑑。

「嗝！這點小事完～全不用在意。這裡真是太美了，簡直就像是行星剛形成時的淺海！我就在這裡聽你說話吧。」

小象蘭蘭．雷寧朝書來瘋先生一臉歉疚的鞠了個躬，再度輕輕甩動他那細細的鼻子。小象的眼前出現了四方形的玻璃台座，上頭擺著透明的茶壺，以及剛好夠每人一杯的杯子。茶壺裡的茶是清澈的翡翠色，小象靈巧的用鼻子拿起了玻璃茶壺。

他小心翼翼的將茶倒進透明得幾乎看不見的茶杯，翡翠色的茶水帶著一抹鮮豔的光澤，以及特別閃亮的白色小水渦，散發出清涼薄荷及乾草的香氣。因為茶杯實在太過透明，看起來就像是茶水自行凝結在一起似的。

「要喝飲料的話，剛剛那裡的攤販也有啊，沒必要跑到這種地方吧？」星丸發揮了小鳥的本色，在玻璃房間裡橫衝直撞，在確認四面都有牆壁之後，便開合著鳥喙對小象蘭蘭這麼說。小象的耳朵垂在腦後，露出驚慌的表情。

「對不起……我是擔心繼續待在那個地方，會被雜七雜八發現。他雖然是小丑，但是魔法比身為團長的我還要高明。我雖然是團長，但還只是一頭年紀幼小的象，沒有什麼偉大或厲害的地方……」

古書先生緊張兮兮的抖了抖尾巴，在透明的地板上坐了下來。他大概是害怕一個不小心，會把茶水灑出來吧。

「總而言之，請你把來龍去脈告訴我們，現在到底是什麼狀況？為什麼會變成這種局面？」

小象蘭蘭一臉認真的點了點頭，將玻璃茶壺放回玻璃台座上。明明只是一頭年幼的象，此時他的舉止卻充滿了威嚴，而且看起來相當悲傷。

「我們是一座馬戲團……也是一本書。」

蘭蘭以鼻子指著古書先生手裡的書籍。

「圖書館的書？」

「是的……我們是一本故事書，書裡描寫了一個沒有邊界的馬戲團。我們馬戲團擁有許多和水有關的表演，例如：瀑布走鋼索、雨中高塔、海底迷宮、人魚之舞等等。除此之外，我們還有一座充滿化石及古生物的廣場，可以讓遊客休息，因為我是一頭象，象擁有呼喚雨水的能力……只是長久以來，我們這本書被遺忘了，根本沒有人閱讀……」

蘭蘭露出痛苦的表情，臉頰的皺紋也跟著扭曲。他雖然只是一頭小象，臉上及手腳卻有著象群都會有的皺紋，那些皺紋的紋路還不深刻，就像是草稿上的線條一樣。

「我們沒有辦法自己閉幕。不管是要翻開書還是闔上書，都要靠人類的手，但是我們這本書根本沒有人看。一個準備了各種特技的馬戲團，因為完全沒有客人，所以只能在書裡空轉，這讓我們非常難過……後來雜七雜八告訴我們，他發現有些孩子會進入別的世界。當時我也抱持期待，希望馬戲團在另一個世界能夠有從頭來過的機會……可是……」

露子聽到這裡，一顆心不由得七上八下。照小象蘭蘭．雷寧的說法，他與那隻可疑的兔子都是封閉書本裡的居民……他們曾看見自己和莎拉通過祕密走道前往「下雨的書店」，而且他們不僅看見了，還跟在後頭，甚至把整個馬戲團都帶了過來。

「這麼說來，你們這個馬戲團跟王國完全沒有關係嗎？」

小象聽到星丸說的話，鼻子扭曲到快要打結的程度。

「……我根本不知道王國是什麼。我們擅自在裂縫世界建立了馬戲團的舞台，不曉得會不會挨罵？」

在玻璃房間外靜靜聆聽的書來瘋先生，此時將兩根手腕骨頭交叉在胸前，顯得興致勃勃。

「你們這本故事書，真的沒有人讀嗎？」

露子聽見自己的聲音在房間內迴盪，內心不禁有點緊張，擔心自己會不會說得太大聲了。

蘭蘭以鼻子端起自己的茶杯，微微搖晃裡頭的翡翠色茶水，讓那杯茶冒出更多的香氣，才開口回答。

「倒也不是完全沒有人讀。既然製成了書本，當然有人翻開過，有人把我們拿起來，排列在書架上。但是……」

古書先生聽著小象的話，表情極為凝重。

「已經有好幾年完全沒有人讀我們這本書，馬戲團完全無法運作。書裡面的內容一定要有人讀，才會開始運轉……所以我們決定聽雜七雜八的建議，來到了裂縫世界。這裡是個很棒的地方，不僅非常遼闊，而且任何奇妙的事情都有可能發生。

我心裡也懷抱著期待，如果是在這樣的世界，或許能找到人拯救我們的馬戲團。如果這個夢想能夠成真，我們的故事就不會被塞在書架的角落，遭到遺忘……」

小象說完之後，好一會兒沒有人開口說話，只有茶的香氣瀰漫在玻璃房間內。

剛剛靠焦糖脆片及蘇打水吃飽喝足的星丸，在房間裡繞了好幾圈，最後降落在露子的頭頂上。

「既然如此，我們就想辦法修正馬戲團吧！這是最好的辦法了。」

「嗯，是啊……可是……」

小象蘭蘭看起來有點驚恐，或許他是擔心星丸不知道什麼時候又會開始亂飛吧。他垂下頭，吞吞吐吐的說：

「……有一件事實在很難啟齒……那個……唉，算了……我不應該說這種話……」

書來瘋先生似乎想要說什麼，但他最後一句話也沒說，只是搖了搖頭。

「這麼說來，你是一本書嗎？」本莉露語氣堅定的代替書來瘋先生開了口。

小象在本莉露的凝視之下，以耳朵蓋住了臉，簡直就像是要把自己藏起來。

「既然是一本書，那麼修正馬戲團根本沒有任何意義。書是拿來閱讀的東西，但你們這本書一打開就會形成出入口，根本沒有辦法讀。」

本莉露的表情非常嚴肅。或許是因為她被迫離開那個有很多書的廣場，來到了這個完全沒有書的地方，所以脾氣變得有些暴躁。

「那、那個是……讓你們進入馬戲團的機關……呃……」

蘭蘭不斷扭著鼻子，看起來相當困擾而無助。

「原本的馬戲團一定沒辦法滿足你們。當然，不管是我還是馬戲團的其他成員，大家都很努力練習表演，等待客人上門。但是小丑告訴我們，只有這樣是不行的，我們必須在裂縫世界重新修正我們的馬戲團。」

「你才是團長不是嗎？領導馬戲團的人是你，不是那隻兔子。你自己有什麼樣的想法？」

星丸歪著頭問。

「……我也不知道。」

蘭蘭用哽咽的聲音回答。

「真的很對不起，把你們捲進這種事情。我原本應該要放棄才對……放棄我們的馬戲團，讓我們的書乖乖待在書架的角落。但是雜七雜八一直主張應該要重新修正馬戲團，他還在這邊的世界到處尋找能夠在馬戲團派上用場的生物。其他的馬戲團成員，也都分散到各地尋找能夠拯救馬戲團的方法。其實我應該把大家都叫回來才對，我應該勸大家放棄希望，跟我一起回到圖書館的書架上……但是我做不到，因為我真的很喜歡我們的馬戲團……」

蘭蘭垂下了頭，他的頭頂及腳底都染上了淡雅而清澈的水藍色光芒。不管是上方的天空還是下方的海水，全都飽含著柔和的光線，彷彿在彈奏一曲沒有聲音的音樂。

露子感覺有鳥喙在啄著自己的頭頂，抬起視線一看，發現星丸正以倒栽蔥的姿勢看著自己的臉，額頭上的白色星星彷彿帶著笑意。

露子很清楚星丸的感受，畢竟星丸是幸福的青鳥，是夜晚的第一顆希望之星，同時也是一個天真頑皮的小男孩。他的眼前出現了如此悲傷寂寞的孩子，他絕對不會置之不理。

露子的口袋裡，放著筆和筆記本。

原本一直板著臉默默聆聽的古書先生，此時忽然一口氣喝完茶，伸展粗大的腳站起身。

「我明白你的處境了。蘭蘭，你跟我們到庭園去吧。我有個助手是精靈使者，她的妹妹是園藝師，那對姊妹一定能幫上你的忙。」

古書先生的話，讓露子等人大吃一驚。庭園的園藝師，指的當然就是照照美，問題是照照美要怎麼拯救這本馬戲團的書？

「你要呼喚照照美的博物館嗎？」

古書先生沒有理會星丸提出的問題，只是催促蘭蘭起身。

「蘭蘭，麻煩你把我們送出馬戲團，我會寫一封『雨信』，聯絡在庭園裡的舞舞子及照照美。」

古書先生的翅膀裡頭藏了一個小玻璃瓶，瓶子裡裝著舞舞子調製的特別雨水，只要在心中默念收信的對象和想要告知對方的話，然後把雨水灑出去，就能將「雨信」寄給對方。

蘭蘭不安的站了起來，仰望身形比自己更大的渡渡鳥。

「你……願意幫助我們嗎？」

古書先生回答：

「我不敢跟你保證有沒有用，但我身為古書店的老闆，既然看見書本有難，當然不能袖手旁觀。」

蘭蘭一聽，碩大的淚滴頓時奪眶而出。他向古書先生深深鞠躬道謝。

不過露子有些放心不下，她不明白古書先生的表情為什麼這麼凝重。

十七　為了修復故事

「要離開馬戲團，得先通過幾個舞台才行。」

蘭蘭．雷寧一邊說，一邊從古書先生手中接過那本條紋封面的書籍。

「各位的手上應該都有門票吧？請小心保管，不要在中途遺失了。沒有門票，就沒有辦法再進入馬戲團了。」

蘭蘭將書本夾在腋下，用鼻子從寬大的耳朵後頭取出表面像鏡子的門票。

「我們都有門票了。」

星丸取出藏在琉璃色羽毛下方的門票，露子和本莉露也將自己的票拿在手上。

「話說回來，請問……那個庭園跟我們的書有什麼關係嗎？」

蘭蘭舉著門票，用不安的表情看著古書先生。

古書先生不疾不徐的舉起翅膀，以羽毛的前端搔了搔粗大的鳥喙。

「現在告訴你，你可能也聽不懂。總而言之，等我們跟園藝師照照美會合之後，會盡可能提供幫助。」

此時，書來瘋先生忽然咳了一聲，他全身的骨頭互相碰撞，發出喀喀喀的聲響。

「我打算早你們一步前往『下雨的書店』，你們應該不會反對吧？我想要見證偉大作家創作故事的過程。」

露子心想，如果書來瘋先生突然出現在店裡，鬼魂搞不好會嚇到昏倒……露子本來想要提醒這句話，但看見古書先生一臉嚴肅的對書來瘋先生點頭，心想就算說了也沒用，於是轉頭看向蘭蘭．雷寧。

「接下來，我們會經過什麼樣的舞台？」

「我們準備了非常多的舞台和表演項目……例如：有實驗『雨會不會倒著下』的劇場、透過跳舞呈現水循環的帳篷、穿梭在摺紙城市內的水道、紙糊的鳳尾船、使用純淨水搭建起來的橋，還有能夠藉由雨滴透視未來的占卜師小屋……」

剛剛還畏畏縮縮的小象，此刻卻對表演的舞台如數家珍，態度落落大方。光從這一點，就可以看出這個小小團長有多麼重視自己的馬戲團。露子看著小象，心中帶著三分驚訝。

（表演的開場白應該是這樣吧……）

露子將手伸進雨衣的口袋，撫摸裡頭的筆記本。她摸的並不是那本在紀念品店得到的不安定蝴蝶翅膀筆記本，而是自己原本就擁有的筆記本。趁著沒人看見的時候，露子偷偷取出筆和筆記本，在上頭寫起了文字：

這是個下雨的夜晚。一道巨大的浪潮，正從陰暗大海的另一頭捲來。浪潮的上頭，有一顆巨大的金色菊石，那顆菊石被浪花打到沙灘上，就這麼靜止不動，直到進入深夜。

許久許久之後，菊石的表面開始散發出金色光澤，接著緩緩飄向天空，並且愈飛愈高。宛如月亮般的菊石來到天空的頂端，開始不停旋轉，同時流瀉出音樂。馬戲團的表演者，一個接著一個擺動身體從菊石中現身……

露子不確定這是不是正確的開場白，因為她還沒有讀過蘭蘭・雷寧那本馬戲團的書，但是一股想要寫作的衝動，在露子的胸口油然而生。接下來，一行人將會前往舞舞子、照照美和莎拉所在的庭園，說不定電電丸也還在那裡。

（那個馬戲團既然是一本故事書，想要加以修正的話，應該只能靠書寫的方式吧？說不定我寫出來的故事，能夠拯救那個馬戲團……）

露子映照在門票上的表情，顯露出強烈的決心。

蘭蘭．雷寧——馬戲團的團長，充滿自信的抬起頭、舉起鼻子，這麼告訴大家……

「各位嘉賓，歡迎你們來到蘭蘭．雷寧的馬戲團！」

白色的小象，翻開了那本書的封面。

眼前條紋圖樣的布簾層層交疊，看不出到底疊了幾層。

青蘋果色配上焦糖色，黑墨色配上深紅色，樹莓色配上雪白色，枯葉色配上紙白色，紫水晶色配上櫻花色……

各種顏色重複形成直條紋圖案，令露子喪失了視覺上的遠近感。剛踏進馬戲團的時候，露子就察覺到了地板的不同。當初剛通過入口進入那個有鋼索的瀑布峽谷時，地板明明是木頭地板，如今卻變成了打磨得相當光亮的石頭地板，上頭還有著黑白交錯的棋盤格紋。

「現在要往哪個方向走？」

露子一邊問，一邊往左右兩邊看了一眼，接著轉頭看向後方。她可以很明顯的感覺到，自己的臉色逐漸泛白。

在蘭蘭．雷寧翻開那本書之前，一群人明明都聚在一起，如今卻只剩下自己一個人。不管她往哪個方向看，視野都被各種顏色組成的條紋圖案遮蔽，本莉露、古書先生、書來瘋先生，全都不知道跑到哪裡去了，而且連白色小象也不見蹤影。

「星丸，怎麼辦！」

露子機警的低聲詢問，但是下一秒，她的臉色變得更加蒼白了。

她在抬頭的同時伸手一摸……不見了，原本應該停在她頭上的琉璃色小鳥，竟然不知去向。

（要冷靜才行……總之，一定要冷靜才行……）

露子將手抵在胸口，安撫劇烈跳動的心臟。

露子在黑白格紋的地板上踏著小碎步前進，她連轉了好幾個方向，像沒頭蒼蠅一樣亂走……但是她又害怕無法回到原本的位置，因此只敢前後移動數步。

「本莉露、星丸！你們在哪裡？」

露子不停呼喚其他人的名字，完全不知道自己為什麼會和大家走散。但是她沒有聽見任何回應，眼前只能看見那些有條紋圖案的布簾。

難道大家已經從出口離開了嗎？如果是這樣的話，為什麼只有自己還留在這個地方？

「因為妳肩負著特別重大的責任。」

身旁忽然響起聲音，讓露子嚇得跳了起來。

「是、是誰在說話？」

剛剛她的身邊明明什麼也沒有，此時卻多了一團毛茸茸的白色物體。那團白色物體有著柔軟的長耳朵，以及纖細到用眼睛無法計算數量的鬍鬚。一對有如燃燒紅寶石般的雙眸，正仰望著露子。

「嗨，小姑娘。」

他正是白兔「雜七雜八」！露子嚇得後退了好幾步，白兔卻一副老神在在的模樣，整了整脖子上的蝴蝶結。

「你……你怎麼會在這裡？」

露子以顫抖的聲音詢問白兔。白兔輕輕擺動鬍鬚說：

「我也是馬戲團的一分子，在馬戲團裡擔任小丑的職務，只有我才能為觀眾帶來歡笑。」

「蘭蘭．雷寧呢？他在哪裡？古書先生他們又跑到哪裡去了？」

露子的聲音抖個不停，小丑兔子卻顯得樂不可支，露出賊兮兮的笑容。

「他們應該已經前往你們說的那個庭園了吧？說起我們的團長，他恐怕不是真的關心我們的馬戲團。他的心裡還抱著得過且過的想法，以為馬戲團可以維持原本的狀態，只要想辦法吸引客人上門就行了……但是事情沒那麼簡單！我們必須排除所有無趣的要素，讓我們的表演更上一層樓！全新的驚奇體驗！珍奇異獸的特技表演！更加危險的空中招式！讓每個人都看得目瞪口呆的華麗演出！」

白兔一邊說，一邊從某個地方掏出一副撲克牌。他像拋沙包一樣將撲克牌一張張彈上空中，撲克牌脫離右手之後劃出弧線落向左手，排列成整齊的扇形，接著又陸續落到他的手掌心。因為他的動作實在太快，大量的撲克牌看起來就像是全都黏在一起。

「可、可是……為什麼只有我在這個地方？」

露子想著自己一定要趕快逃走，目光卻被那流暢的撲克牌表演吸引，一步也沒有辦法移開。

「就像我剛剛說的，只有妳能夠真正拯救我們的馬戲團。我很清楚這件事，因為我看見妳一直在圖書館裡寫故事。來吧，請繼續寫吧，重新寫出一篇感人的故事。」

一張張撲克牌整齊的落到兔子手上，簡直就像是剛拆封的全新撲克牌。再也聽不到撲克牌的聲音後，四周一片寂靜，露子幾乎要懷疑自己的耳朵是不是出了問題。兔子的耳朵就像風中的小草一樣，同時倒向相同的方向。

在大量直條紋圖案的布簾之間，有一組單人座的木頭桌椅，外觀看起來相當樸素，上頭沒有任何裝飾。

「由我來寫故事？」

「妳應該不會拒絕吧？」

聽到兔子這麼問，露子在確認自己內心的想法之前，已經先做出了點頭的動作。她原本就喜歡寫故事，所以才會幫忙撰寫王國的故事。

（只是沒有辦法寫得像靈感那麼好……）

那也是理所當然的事，畢竟鬼魂在過世之前原本就是一名作家。而且他即使過世了，依然對自己的作品牽腸掛肚，不斷尋找自己寫到一半的故事。相較之下，露子是最近才開始學會寫故事的方法，當然沒辦法寫得像鬼魂一樣好。即便如此，露子還是想要繼續寫下去，因為她真的很喜歡寫故事。

「書店的老闆、精靈使者、幸福的青鳥、外型像水母的亡魂、有著黑暗背景的黑白條紋愛書人、王國的幻想者、偉大庭園的園藝師……在園藝師身邊學習的小女孩是妳的妹妹嗎？簡直就像是擁有白色翅膀的小公主。」

兔子將撲克牌攤開呈扇形，一張一張舉到眼前，彷彿他剛剛說出來的那些話，都是寫在撲克牌上的內容。

「至於妳，則是自由自在的故事寫手。我挑上了妳，不只是因為妳可以往來於現實世界與這個神奇的世界，最大的重點是妳會寫故事。來吧，請在這裡寫故事吧。我相信妳的筆，一定能夠拯救我們的馬戲團。」

兔子這番話就像是令人難以理解的咒語，露子並沒有完全聽懂。但是當兔子說完話，露子已經坐在桌前，攤開筆記本，提筆寫了起來。

露子從來不曾見過隨心所欲墨水筆出現顏色如此深的墨水，那顏色實在是太深了，乍看之下和黑色沒兩樣，但是寫成線條之後，卻會發現墨水在綠色、藍色及紫色之間不斷改變。露子回想著剛剛蘭蘭提到的關於馬戲團的事，全神貫注的寫了起來。露子下筆的速度從來沒有這麼快過，馬戲團的紕漏，到底是出在什麼地方呢？

露子心想，不管紕漏出在什麼地方，只要自己能把馬戲團寫成一篇有趣的故事，蘭蘭他們應該就能得救吧。

到時候，馬戲團的書放在圖書館的書架上，一定會吸引很多人借閱……

（咦？）

想到這裡，露子突然停下了書寫的動作。不對，應該說是她終於能夠停下書寫的動作。

（就算我重新改寫故事，但這本馬戲團的書總有最初的作者吧？）

就在露子想到這一點的瞬間，木桌開始傾斜，黑白格紋的地板也開始一片片崩塌，簡直就像是拼圖的碎片被拆散了一樣，整張桌子落入地板下方的黑暗空間，消失得無影無蹤。露子尖聲大叫，急忙抓起筆和筆記本，跌跌撞撞的逃走。不知道從什麼時候開始，兔子雜七雜八已經不知去向，在這個地板迅速崩落的空間裡，只剩下露子一個人。

現在得趕快離開這裡才行……

露子勉強起身，不管三七二十一的拔腿奔跑，就這麼撞進一片由白色及銀色直條紋組成的布簾後頭。

布簾的背後是什麼地方，露子當然完全不知情。

十八　在河川奔馳的生物

一奔進直條紋布簾的後頭，露子的腳下忽然踩了個空。

眼前是一片陰鬱的灰色天空……露子穿過馬戲團入口後，竟然出現在完全沒有地方可以落腳的高空……而且即將墜落！

「啊啊啊！」

露子的第一個反應，就是想張開背上的蝙蝠翅膀，但是下一秒，她的內心陷入一片灰暗。現在她的身上不是穿著蝙蝠雨衣，而是熟悉的淡綠色雨衣，口袋裡只有那本「不持續書寫就會往下掉」的蝴蝶翅膀筆記本……

下墜的速度太過猛烈，寫故事的筆記本脫手飛出，在風中翻滾，再也無法抓回來。露子的四肢也被強風綁住了，完全動彈不得。眼前天旋地轉，恐懼與嘔吐感輪流占據露子的意識。

強風不斷拉扯身上的雨衣，露子使盡所有力氣，將手伸進雨衣的口袋，掏出另一本筆記本。此時，她根本沒有辦法審慎思考到底該怎麼做。

（總之，得趕緊飛起來才行……）

露子雖然這麼想著，雙手卻完全使不出力氣。

寫不出來。露子沒有寫出任何字。

寫著王國故事的筆記本，早已被風吹得不知去向。就連蝴蝶翅膀筆記本和隨心所欲墨水筆，也脫離了自己的掌控。露子身體的墜落速度，比那些小東西更快。

寫不出任何東西，代表自己的內在空無一物，既然如此，為什麼自己會像沉重物品一樣，墜落得這麼快呢？露子的心中產生了疑惑，下一秒，她聽見水花「嘩啦」一聲飛濺的聲音，同時感覺到沒有辦法呼吸。

「這孩子是從哪裡掉下來的？」

「真可憐，你看看她的臉都白了。」

「幫我個忙，我想把她背起來。」

水流在耳道內激盪的聲響，不知何時已經轉變成說話聲。明明自己從來沒有聽過那樣的聲音，卻覺得異常耳熟。正因如此，當露子看見尖尖的耳朵、長滿利牙的嘴巴，以及有著粗大爪子的腿時，內心並不覺得害怕。

河水不停流動。露子置身在河中，水面的高度剛好與眼睛的高度相同。她的臉頰和頭髮都在滴水，同時感覺到有什麼東西在輕觸著自己的手臂及下巴。

仔細一看，那個東西竟然是與水花顏色相同，生長得相當濃密的野獸毛皮。

露子吃驚的挺直背脊。眼前有一頭野獸，正在河川的水面上奔跑，赫然是一頭有著銀白色體毛的大野狼。不僅如此，自己正被另一頭白色相同的野獸背在背上。

「川狼……」

露子低聲呢喃，聲音幾乎被激烈的水花掩蓋。

『成群的川狼。在河裡游泳的川狼，會噴出水花使水流變得湍急……』

露子曾經根據浮島先生的描述，寫下了這樣的文句。這不是王國的場景嗎？氾濫受到控制之後，王國的場景應該各自進入了不同的裂縫世界，如今自己身處的位置，似乎就是王國的其中一個場景。

「謝謝你們救了我……」

露子小心的控制力道，緊抓住川狼脖子上的毛髮，同時望向川狼剽悍凶猛的臉孔。

川狼轉過頭，用一對灰色的雙眸凝視露子。

「妳身上有奇怪的味道……到底是從哪裡掉下來的？」

川狼的聲音非常沉穩且帶有磁性，但是露子沒辦法回答問題，只能愣愣的抓著川狼的背（簡直像是變成了本莉露）。

河面的水不斷受到衝擊，讓空氣中飽含細微的水煙。河面非常寬廣，兩岸都是高聳的岩石，岩石後方則是一大片帶刺的灌木叢，灌木叢後方是不知道存在了多久的古老黑暗森林。

一大群川狼將背著露子的川狼

圍在中間，有的川狼不停嗅聞露子身上的氣味，有的川狼一邊繞圈子一邊上下打量露子，似乎對露子相當感興趣。川狼的數量約有十五頭，身上長著氣派的茂盛毛髮，並且閃爍著水藍色光澤。

「墜落者，妳想去哪裡？」

身邊的川狼以碩大的鼻頭對著露子詢問。

「我……我……」

露子猶豫著不知道該怎麼回答。她的腦袋還亂成一團，沒有辦法詳細描述墜落到這個地方的來龍去脈。不過川狼並沒有出聲催促，只是靜靜等待露子的回答。

「我想要完成王國的故事……」最後露子這麼說。

這句話一說出口，每頭川狼都鼓起了他們銀色的體毛。他們將鼻頭高高舉向天空，以彷彿要貫穿天際的氣勢大聲吼叫。每一頭川狼的吼聲互相交疊，聲音愈來愈高亢，彷彿永無止境，尾音在附近不斷迴盪。

「墜落者是王國故事的救世主！」

「王國的救世主！」

川狼你一言我一語的喊著，露子受到震懾，趕緊搖頭說：

「等一下，你們誤會了，我只是負責幫忙……真正會寫故事的人，是『下雨的書店』的鬼魂作家！」

不管露子再怎麼解釋，還是無法緩和川狼們激動的情緒。露子不禁懷疑，這些川狼是否真的聽懂了自己的話。

「救世主啊，妳要去『下雨的書店』嗎？」

背著露子的川狼問。

「我不是救世主，我是……」

露子本來想說出自己的名字，但是轉念一想，又覺得就算說了名字也沒有任何意義。露子忍不住將手伸進口袋，筆記本和最寶貴的那枝「隨心所欲墨水筆」，都在墜落的過程中遺失了。

「……你們叫我墜落者就行了。」

露子的聲音非常沮喪，但川狼們似乎沒有察覺異狀。露子並沒有明確說出自己想去哪裡，但川狼已經載著露子開始奔馳。

川狼一開始奔跑，水流就變得更加湍急。他們一邊激出波濤一邊快速奔騰的模樣，看起來幾乎和水花沒有兩樣。他們完全不畏懼高速的水流，成群結隊往前衝，撞碎了翻滾而來的浪頭。

露子暗自思考著，應該告訴川狼自己遺失了筆記本和筆嗎？說不定那些文具跟自己一樣掉進了河裡。但是露子緊緊抓著川狼的背，忍不住又覺得：說了又有什麼意義？

雨衣底下和長靴內的身體早已溼透，但是露子並不覺得寒冷。露子感覺自己彷彿成了川狼的一分子，成了齜牙咧嘴湍急河水的一部分。

（莎拉跟星丸要是知道我寫故事失敗了，不曉得會不會覺得很遺憾？）

這個疑問就像是一顆小小的鉛塊，在露子的胸中不停彈跳，發出了空虛的聲響。

過了一會兒，河川兩岸的森林地勢變得開闊起來，遠方可以看見一座平緩的丘陵，斜坡下有一座風車小屋。風車小屋上方的夜晚天空色彩異常鮮豔，簡直就像是由水彩盒裡所有明亮的顏色渲染而成，上頭還懸浮著一顆像是用玻璃製成的圓滾滾月亮。

『在那間小屋裡，人們會敲碎從月亮上挖掘來的石塊，把它做成砂糖……』

露子抬頭仰望緩慢旋轉的風車，任憑那間小屋從身旁快速掠過。回頭凝視小屋的時候，露子感覺有股難以言喻的心情正在胸中逐漸脹大，而且不斷向上竄升，再也無法壓抑。

這裡是王國，是浮島先生在孩提時代，躺在病床上努力想像出來的景象。當王國氾濫成災時，露子義無反顧的提筆書寫。她一邊聆聽這個世界所有生物發出來的各種聲響，一邊全神貫注的寫下浮島先生的每個幻想世界。

在那間風車小屋裡頭，住著一個孤單的老爺爺。「我知道！」露子在心中吶喊著，「我知道那個老爺爺！我很清楚！」

川狼疾速奔跑，不一會兒，風車小屋已經完全被甩向遙遠的後方，再也看不見了。

露子將臉埋在川狼的背上，陷入沉思……古書先生、星丸，以及蘭蘭·雷寧，他們這時候應該正在前往照照美的庭園。蘭蘭·雷寧的馬戲團能得救嗎？為什麼古書先生和書來瘋先生的表情會那麼凝重呢？

如今露子唯一能做的事，就是返回「下雨的書店」。一來，她必須把這件事情告訴鬼魂；二來，她可以在店裡等大家回來，甚至還可以針對馬戲團的事情蒐集一些資訊。

就這麼做吧。在說服自己的過程中，露子漸漸有了睡意。她聽著轟隆隆的水聲，在川狼的背上沉沉睡去。

就連露子自己也無法分辨，那是安穩舒適所產生的疲倦，還是驚惶恐懼所產生的疲倦。

「……該起來了，快醒醒。」

「竟然能在我們奔跑的時候睡午覺，真是膽識過人。」

「畢竟她可是王國的救世主，這叫臨危不亂。」

川狼各自以鼻頭碰觸露子的身體，讓露子從半睡半醒的狀態恢復了意識。露子揉了揉眼睛，將臉從那布滿銀白色體毛的背上抬起。

自己到底睡了多久？現在川狼已經不再往前奔跑了。一頭川狼以灰色的眼珠凝視露子。

「我們川狼只能帶妳到這裡，接下來的陸地，妳必須自己前進。」

露子仰起頭，一股恐懼在心中油然而生。

這附近的河水變得很淺，而且混雜了一些泥水。水流盡頭的另一側，是一大片顏色混濁的溼地。所謂的溼地，也可以稱之為沼澤。那裡被針葉林包圍，地面有許多宛如隕石坑的水窪。

「可以從這裡前往『下雨的書店』？」

露子從沒聽過浮島先生的王國裡有這樣的地方，但是那些川狼有的頻頻點頭，有的不斷以腳底踏出聲響。載著露子來到這裡的那頭川狼，用溫柔的口吻對她說話。

「我們聞得出來，這裡有人可以幫助妳。」

到了這個地步，露子也只能放開原本緊緊抓著的川狼毛皮。長時間乘坐在川狼的背上，讓露子感覺全身僵硬。此時露子勉強移動身體，從川狼的背上滑下來。河水看起來很淺，但是深度還是有到露子的膝蓋附近，讓她整雙長靴都沒入了水中。反正她的雙腳早已溼透，因此露子並沒有特別在意。

「謝謝你們載我一程。」

露子揮手道別後，川狼才各自以敏捷的動作轉身，用矯健的步伐踩踏混濁的水流，朝上游的方向疾奔而去。

露子目送一陣陣水花迅速遠去，轉頭重新面對到處都是混濁泥水的沼澤。既然那群川狼說應該往這個方向走，自己也只能遵從他們的建議。

沼澤光線昏暗，而且飄散著一股噁心的氣味。露子離開河面，才往前踏出一步，長靴下方頓時沾上不少黑色泥漿。那些黑色泥漿相當黏稠，不會自行滑落，在她淡綠色的長靴上形成一塊塊汙漬。

總而言之，先設法走到對面的森林吧。露子下定決心，開始在沼澤裡一步步往前進。這裡沒有飛鳥，沒有蟲鳴，甚至聽不見青蛙的叫聲。每走一步，鞋底都會傳來「噗、噗」的冰冷聲響，那聲音簡直就像是用鞋底踏扁某種皮膚非常薄的生物一樣。

露子一邊走著，一邊感慨自己怎麼又迷路了。

噗、吱、噗、吱……

露子咬緊牙關，忍受著難聽的腳步聲。走了好一會兒，露子才抬起頭，想要確認自己到底走了多遠。針葉林明明就在這片泥濘的後方，但是不管她再怎麼走，就是無法靠近。

露子感覺穿著長靴的雙腿愈來愈沉重，終於忍不住停下了腳步。

自己的喘息聲聽起來異常刺耳。

（無論如何，得走到對面才行……）

因為停下腳步太久，長靴深陷泥濘之中，露子必須用手才能把長靴拔起來。就在露子想要拔起另一隻腳的時候，她的身體忽然失去了平衡，一屁股坐到地上。

「痛痛痛……」

周圍一個同伴也沒有，雖然讓露子感到相當不安，卻也不禁慶幸自己現在的糗樣沒有被其他人看見。

「哎喲，我認得妳！」

突然間，某個生物從泥漿底下探出頭來。或許是因為受到驚嚇，對方身上鋸齒狀的魚鰭全都張了開來。

露子也嚇了一跳，瞪大眼睛凝視說話者。事實上，露子驚嚇的程度並不亞於對方。

「你……你不是那個『剩餘者』……呃，不是……我的意思是說，你是鳥公主身邊那個……」

「沒錯，這個黑暗沼澤是我的地盤。」

聲音的主人看起來像是一條魚，卻有著厚厚的嘴脣、小小的眼珠，以及鋸齒狀的魚鰭。他挺起胸腹，趾高氣昂的說：

「沒想到曾經是自在師同伴的人類，竟然會跑到我的地盤來，今天到底是吹什麼風來著？」

露子的眼睛骨溜溜的轉了一圈，不禁有些好奇……那些川狼真的認為這條魚知道怎麼前往「下雨的書店」嗎？

十九　露子變身

「廢話我就不多說了，」那條魚說：「那個曾經是自在師的丫頭，沒有跟在妳身邊嗎？妳是自己跑來我這裡的嗎？妳的表情這麼難看，難道是遇上什麼事了嗎？」他的魚鰓不停開開闔闔，仰頭看著露子，連珠炮似的發問。露子坐在泥漿上，心情逐漸恢復了冷靜。現在，她得想清楚接下來該怎麼做才行。

「……好久沒聯絡了，你好嗎？」

露子不知道該怎麼向對方打招呼，說出口的話，聽起來就像是寫信給朋友的開場白。

「我跟朋友走散了，我想回『下雨的書店』，你知道該怎麼走嗎？」

從泥沼中探出頭的那條魚，微微將身體歪向一邊。如果是一般人，那動作就像是歪著頭想事情。

「妳想回書店？想回去的話，為什麼不叫那個可以操控烏雲的雨童載妳？」

露子不禁嘆了一口氣。住在這個黑暗沼澤的魚，曾經被本莉露當成「剩餘者」抓了起來，他和沙漠鳥國的公主、烈焰岩石屋的寶物守衛等小生物關在一起……當本莉露不再是自在師之後，是電電丸負責將這些小生物送回他們各自的居住地。

「如果能呼喚電電丸就好了，可惜我不知道該怎麼做才能聯絡到他。川狼叫我從這裡走回『下雨的書店』。」

那條魚的魚鰓忽然發出一些氣音。

「嗯，如果我猜得沒錯，妳又被捲進麻煩事裡了？」

「是啊，有一本沒人看的書，從市立圖書館跟著我來到了裂縫世界，還說希望我幫忙修正馬戲團的紕漏……」

露子終於有了說話的對象，於是愈說愈激動，不過那條魚拍了拍魚鰭說：

「等一下、等一下，雖然這裡是什麼怪事都有可能發生的裂縫世界，但事情總有個前因後果……就算書本一直跟蹤妳，或是馬戲團需要修正，但這件事跟妳獨自一人在這裡迷失方向有什麼關係？」

那條魚說話的聲音很溼潤，而且語速異常緩慢，似乎是為了讓露子恢復冷靜。

露子嘆了一口氣，為了將這個混亂的局面說清楚，她試圖在腦海中將每一件事情照順序排列……沒想到這個時候，與她想要好好解釋的心情背道而馳，碩大的淚珠自她的眼眶滾滾滑落。

筆記本和筆已經不知去向，露子明白自己不僅徹底失敗，而且想法也有非常嚴重的錯誤。

（我怎麼會做出那麼笨的事情……那本馬戲團的書只是沒有人讀，但是一定有寫出這個故事的人。就算是沒有人讀的書，也是某個人花了很多時間寫出來的作品，或許會有人覺得很有趣也說不定。那本書我連讀都沒讀過，就擅自決定要改寫內容，以為自己能夠寫得更好……唉，這樣的行為，比鬼魂當初在丟丟森林亂吃故事種子更加糟糕。）

現在她跟其他人走散，迷失了

回家的路，沒辦法幫忙寫王國的故事，也沒有辦法拯救蘭蘭・雷寧的馬戲團。不僅如此，如今在裂縫世界迷路，搞不好會再也沒辦法和莎拉一起回到外面的世界。

「喂，妳別哭了啦……唉，這可真糟糕，妳要是再哭下去，我這黑暗沼澤的水會變鹹的！」

露子弓著背、摀著臉，不停吸氣想要讓自己停止哭泣，卻說什麼也沒有辦法做到。

突然間，露子聽見了「噗、噗、噗」的聲響。她揉了揉眼睛，抬頭一看，沼澤地的每個角落，竟然有好幾條長得一模一樣的魚探出頭來，而且數量至少有數十隻。他們一臉憂心的看著露子，似乎不曉得發生了什麼事。

「妳為什麼哭？身上有哪裡會痛嗎？」

「是不是肚子餓了？」

「像妳這種小女孩可以吃的食物，森林裡頭或許找得到……可惜我沒有腳，沒辦法幫妳拿過來。」

魚兒們吞吞吐吐的說著安慰的話。

（哇，好多魚……）

露子雖然哭個不停，心裡卻因為從沼澤探出頭的魚群數量實在太多，而且每隻魚都在看著自己，所以內心感到相當驚訝。當初以「剩餘者」的身分被抓走的那條魚，是這片黑暗沼澤的主人——也就是眼前這群關心自己的魚兒的國王。

露子愈來愈厭惡自己的狂妄自大。跟自己比起來，眼前這些魚兒的心靈更加溫柔仁慈。

「對，就是這樣，慢慢呼吸。你們這種用肺呼吸的生物，就是這一點不方便。好了，別哭了，看看妳流了那麼多鼻水，眼睛都腫了，一張臉變得這麼難看……等等，這該不會是一種疾病吧？」

露子又哽咽了一陣子，這才有氣無力的搖了搖頭，想要解釋「人類一哭就會變成這樣」，喉嚨卻發不出聲音。

「這可真是糟糕。小姑娘，妳得盡快找到『理由』才行。」

理由？什麼理由？露子揉了揉眼皮，對那些一邊鼓動魚鰓一邊凝視自己的魚兒眨了眨眼睛。

露子見魚兒們的態度突然改變，於是深吸一口氣，拉開喉嚨想要問清楚發生了什麼事。然而，露子的嘴只是空虛的開開闔闔，什麼聲音也發不出來。露子覺得有些納悶，伸出手掌想要摸自己的嘴，卻看見手掌上的污泥滑落，手指縫隙之間竟然多了一層顏色混濁的薄膜。她輕輕碰觸自己的臉頰，皮膚竟然被自己的手指刺得隱隱作痛。不僅如此，她還感覺到自己的臉頰上長出了一塊塊硬痂。不過那些痂摸起來硬硬滑滑的，與其說是痂，感覺更像是鱗片。

「真是糟糕！進入黑暗沼澤的人，假如找不到繼續做自己的理由，就會慢慢變成一條魚，一條在沼澤泥水中生活的魚。」

露子還想繼續眨眼睛，卻發現眼皮不聽使喚。這也是理所當然的，因為魚的眼睛和人類不同，並沒有眼皮。

「快把妳的手伸出來！到墨士館去，讓他們看妳的手，他們就會開門讓妳進去。我相信墨士一定能夠幫上妳的忙，快去、快去！」

魚伸出尾鰭，在露子攤開的手掌上頭畫來畫去。露子將臉湊過去看，發現那條魚似乎是以黑色的泥漿，在自己的手掌上寫了一些歪七扭八的字。

「穿過森林之後，妳就會看見道路。往右邊的道路走，朝山的方向前進。

聽清楚了嗎？妳要往右邊走，爬到山上去。」那條魚匆匆忙忙的交代她。

露子想要道謝，喉嚨卻只能發出痛苦的嘶嘶聲。

露子按照吩咐站了起來。不對，正確來說，露子的雙腳已經無法筆直站立，只能拖著膝蓋以下的部位匍匐前進。為了避免弄髒寫了字的左手，露子將左手縮在胸前，以右手抵住泥濘的地面，將身體撐起來。五根手指頭變得又尖又細，整隻手看起來簡直就像是魚鰭。

露子開始以奇妙的姿勢在地面滑動，這是她有生以來第一次做出這樣的動作。所有的魚兒屏住呼吸目送露子離去，看著她不斷朝鋼鐵色的針葉林前進。

二十　魚的旅程

露子完全不敢想像自己的身體變成了什麼模樣。雖然無法站立，她還是能靠著扭動身體的方式不斷前進……然而當地面從溼滑變得乾燥之後，露子就再也沒辦法順利滑行了。一進入樹木盤根錯節的廣大森林，露子突然感覺身體變得非常沉重。

不管是掉在森林泥土上的落葉，還是地上隨處可見的青草，對於只能匍匐前進的露子來說，都像金屬一樣尖銳，刮得她全身隱隱作痛。不過露子還是拚命往前推進，只是自從離開泥漿之後，她感覺就連呼吸也變得愈來愈困難。

露子努力想要吸氣，卻沒有任何空氣經過喉嚨進入自己的體內。露子覺得自己的身體被一根低矮的樹枝刮了一下，這才察覺耳朵下方長出了類似魚鰓的東西。當然魚鰓只能在水裡呼吸，在陸地上沒有任何用處。

（他說有道路……穿過森林之後……要往右邊走……）

露子不斷匍匐前進，腦袋一片昏沉，眼前的景色也變得模模糊糊。露子轉頭望向身後，想要確認自己到底走了多遠，這才發現自己沿路上掉了不少鱗片。那些被尖銳落葉及樹枝刮下來的灰色鱗片，掉得滿地都是，散發著腥臭的氣味。

露子不禁有些後悔，早知道會變成現在這副模樣，當初自己應該待在川狼身邊才對。川狼是王國的生物，不僅可以交談，而且……

（對了，我可以去風車小屋那裡，那幢小屋裡住著一個老爺爺！當初應該讓川狼在小屋附近把我放下才對。現在也不遲，或許我可以想辦法回到河邊……）

想到這裡，露子突然感覺額頭疼痛不已。明明痛得在地上打滾，自己卻發不出半點聲音。這到底是怎麼回事？露子伸出手，發現自己的手已經完全變成了魚鰭。不對，不止是手，她的身體全都變成了魚的模樣。露子努力開闔嘴巴，同時用力甩動尾鰭，在地面胡亂掙扎。

（怎麼辦、怎麼辦、怎麼辦……）

強烈的恐懼感讓露子想要哭泣，但是魚的眼睛沒有辦法流淚。

露子在鋼鐵色的森林裡動彈不得，就連扭動身體掙扎的力氣也漸漸衰弱。

（唉，當初就算會害怕，也應該努力使用蝴蝶筆記本才對……只要筆還握在手裡就能夠繼續寫，不管寫什麼都可以。）

露子的尾鰭跌落地面，再也無法動彈。變成魚眼的一對眼珠，仰望著高聳入雲的樹木，那些彷彿頂到天空的筆直針葉林，就像是超長神祕咒語的守衛。

就在這時——露子聽見了踩踏落葉的聲音，同時看見一道走過來的人影。那個人的頭上戴著大帽子，露子看不清楚對方的長相，但是看得出來對方也在看著自己。

一隻手掌伸了過來，抓起早已變成魚的露子。她全身都痛，多半是因為一路上有不少鱗片被刮掉了。那隻手掌好燙，被抓著的感覺很不舒服，但是露子沒辦法抱怨，也沒辦法用掙扎來表達抗議。

啪！

露子的身體被丟進某種容器，裡頭一片漆黑，無法分辨那個容器到底是什麼，或許是某種包包，又或許是便當盒。但是從腳步聲和搖晃的感覺來判斷，露子知道自己正被帶往其他地方。

不管這個容器是什麼，如果裡頭能有一點水就好了⋯⋯露子早已筋疲力竭，只能在心中這樣嘀咕。

撲通！

籠罩著全身的空氣消失了，大大小小的氣泡搔動著露子的肚子，讓她回過神來。似乎是有人把她放進了水裡。露子趕緊張開魚鰓，用力呼吸。

雖然身上鱗片掉落的部位還是很痛，但至少眼睛可以看見東西，拍動尾鰭時也可以感覺到水流。唯一的缺點，大概就是這個水太乾淨了，不太適合沼澤魚類。不過光是能呼吸就已經謝天謝地了，當然也不好抱怨什麼。

（仔細回想起來，黑暗沼澤的主人被當成「剩餘者」抓走的時候，似乎在沒有水的地方也活得很好……或許是因為主人比較特別吧，就像鳥公主一樣，她擁有其他同類沒有的能力……要不然就是因為我才剛變成魚，所以很多事情都不懂。）

露子一邊想著，一邊在水中游來游去。總而言之，得先確認自己到底在哪裡才行。這裡的水乾淨又明亮，並不是沼澤裡的水，難道是川狼棲息的那條河川嗎？不對，這裡的水不會流動，並不是河川。

能夠呼吸之後，露子恢復了冷靜，接著愈想愈好奇。這到底是什麼水？自己到底在哪裡？

旁邊的岩石上布滿青苔，那些青苔竟然散發出甜甜的香氣。深綠色的青苔上沾著不少銀色泡沫，而且還開著有如玻璃工藝品般美麗的小花。露子先以鼻尖輕觸圓滾滾的岩石，接著又嘗試將身體往上傾斜。眼前可以看見一大片銀色的水面，水面另一端似乎有一些影子。露子決定往上游，確認水面上的狀況。

（離開了水，或許又會無法呼吸……沒關係，我只是稍微看一眼，馬上就會回到水裡。）

露子謹慎的說服自己，同時用力擺動尾鰭，讓自己的頭部探出水面。

露子在水面上確實看見了一些東西，但是停留的時間實在太短，而且對魚的眼睛來說，那些東西實在太大了，露子根本看不清楚到底是什麼。

（好多一條一條的東西，有直的也有橫的，水裡沒有那種奇怪的東西。）

恐懼感讓露子不敢再將頭探出水面，她決定暫時躲在岩石縫隙之間，多喝一些帶著甜味的水，等身上的傷勢痊癒再說。要是被人發現自己毫無抵抗能力，可能會引來可怕的東西企圖從水面上攻擊自己……例如那些有爪子和鳥喙的生物。

露子潛入水底，找了一個長著大量水苔及溼滑水垢的岩石縫隙棲身，這才放下了心中的大石，可以好好睡上一覺。由於魚只能睜著眼睛睡覺，現實的景色與幻影逐漸融合在一起，讓她在半夢半醒之際無法分辨哪些是夢境，哪些是發生在現實中的事。

她總覺得自己應該要前往某個地方，卻想不起來那個地方到底是哪裡……好像是……某個會下雨的地方……

（真是奇怪，這裡的水應該也是雨水累積而成的吧？只要一直待在這個地方，遲早會遇上下雨天，我哪裡也不用去。）

那多半是夢境吧。露子這樣說服自己。一小段的夢境與現實混合在一起，在睜開的雙眼前飄蕩。只要好好睡上一覺，等恢復了精神，應該就會把那些夢境的內容忘得一乾二淨……露子這麼想著，用魚鰓安心的呼出一口氣。

這天深夜，露子感覺到來自天空的異常氣息。雖然她躲在水底休息，還是能清楚感覺到那股不尋常。為什麼露子知道現在是深夜？因為周圍變得很暗，而且循環在體內的水變得相當冰冷。

露子不用浮上水面，也知道有烏雲聚集在水面的上空，不僅隨時可能會打雷，而且還會下雨。

露子動了動魚鰭，確認自己的身體狀況。雖然疼痛減緩不少，肚子卻好餓，不過要尋找食物，最好還是等天亮比較安全。如果雨勢太大，還得耐著性子等待風雨減弱，最重要的就是要沉住氣，不可以急躁。

天上不斷傳來雷鳴的轟隆聲，雨滴開始滋擾平靜的水面。露子的身體可以感受到雨水帶來的陣陣漣漪，直到這時她才發覺，在這片水域裡，除了自己之外並沒有其他生物——或者應該這麼說，至少這裡沒有大小跟她差不多的生物。因為來自天上的驟雨正讓整片水域隱隱震動，如果附近有其他生物，露子一定能夠藉由水流的波動感覺出來。

滴答！

一滴雨珠落入水中。在非常短暫的時間裡，雨滴似乎呈現出某種特殊的形狀，但是因為時間太過短暫，露子沒有辦法看清楚那個形狀到底是什麼。

露子靜靜的躲著不動，耳中聽見了非常多的聲音：雨聲、雷聲，以及雨水打在瓦片上的聲音。

滴答！滴答！滴答！滴答！

不斷有碩大的雨滴落入水中，就像是一封緊急書信……但是露子無法明白那些雨滴代表的意義。

露子聽見大量雨水流過雨水溝槽的聲音，感受到走廊上的木材正在呼吸的氣息。雨滴不停敲打庭院裡的岩石，小蟲匆忙跳進草叢之中。某個地方傳來了蠟燭正在燃燒的滋滋聲，接下來是一陣有人舉著蠟燭穿過走廊的腳步聲……

（建築物……原來如此，我明白了……這裡是一棟巨大的建築物，我在庭院的池塘裡。將頭探出水面的時候，我看見的是走廊的景象。）

當初露子倒在樹林裡動彈不得的時候，有人把她撿了起來，帶到這棟建築物的池塘裡，如今那個人應該正在走廊上走動吧？

露子想要瞧一瞧到底是誰救了自己，於是離開了岩石縫隙，鼓起勇氣再次上升到水面附近。雨勢愈來愈強，閃電好幾次將水面染成了淡紫色。

趁著腳步聲還沒有遠去，露子將頭探出了水面。

一道穿著黑色衣服的背影，正踏著小碎步彎過走廊的轉角。

（……）

露子沒有看清楚對方的長相，也不確定對方是不是救了自己的人。從雨滴敲打瓦片的聲音研判，這棟建築物應該非常巨大。既然是這麼大的建築物，應該不會只住著一個人吧？或許……

天空布滿了烏雲，完全看不到星星。不過自己是魚，就算看不見星星也沒什麼大不了。身為一條魚，真正應該注意的是鳥，因為鳥會吃魚……露子心想，暫時還是待在水底比較安全。其實現在她的腦袋還是一片混亂，根本想不透星星和鳥有什麼關係。露子一個翻身，打算回到那個魚兒能夠呼吸的世界。

就在露子用尾鰭撥動因為雨滴而不斷搖晃的水面時，突然有什麼東西以驚人的氣勢撞進了水裡。

露子嚇了一跳，趕緊擺動全身的魚鰭。雖然不知道那個東西是什麼，總之先逃就對了。沒想到此時突然出現一雙手掌，纖細而修長的手指有如繩索一般，牢牢固定了露子的身體。露子還來不及掙扎，抓住她的生物就以強而有力的後腿往水中一踢，身體就這樣進入了空氣的世界。

抓住露子的生物是一隻大青蛙，那隻青蛙以溼滑的眼珠瞧了露子一眼，接著縱身一跳越過欄杆，來到了走廊上。到了這個時候，露子才想到要甩動尾鰭掙扎（她的胸鰭被青蛙的手掌緊緊按住，完全動不了）。青蛙不理會露子的掙扎，抓著她跳向建築物深處。

剛剛那個穿黑色衣服的人，似乎也是走向這個方向。對方把自己抓到這裡，果然是要吃掉自己嗎？露子的魚鰓不停開開闔闔，內心感到難過不已。

天上再度傳來轟隆隆的雷聲，雨勢也更加驚人了。

雖然被青蛙緊緊抓住，露子還是努力將左側的魚鰭貼在自己身上，避免魚鰭被擠扁。為什麼要這麼做？露子其實也不明白，只是她隱約有種感覺，自己左側的魚鰭上好像有什麼重要的東西。

二十一　墨士館的協助

「沒錯，這確實是黑暗沼澤魚主人的記號。」有個聲音這麼說。

此時露子被擺在一個溼潤光滑的平台……那或許是砧板吧。有一個人抓著露子的左側魚鰭，檢視魚鰭內側的記號。從手指的形狀來看，並不是那隻青蛙。

「非常抱歉，我以為她真的是一條魚……她的顏色和沼澤那些魚不同，我以為她多半是鳥兒不知道從哪裡抓來的食物，卻不小心弄掉了。我看她受了傷，所以才把她帶回來放進池塘。」

「沒關係，這孩子已經非常接近真的魚，難怪你分辨不出來。要是繼續置之不理，到了明天早上，她恐怕就再也沒辦法恢復原狀了。」

露子全身的鱗片都在隱隱作痛，好希望他們趕快把自己放回水裡，但是那隻青蛙按住了自己的頭和尾鰭，讓她動彈不得。露子從青蛙的手指縫隙向外張望，看見了一張女人的臉，就在自己的身體附近。那個女人的髮型相當奇特，而且看不出年齡，感覺既像是老奶奶，又像是年紀和自己差不多的女孩。

……女孩？

想到這裡，露子不由得傻住了。自己明明是一條魚，根本不是什麼女孩。

女人坐在擺放露子的平台旁邊，手裡拿著一根東西不停動來動去。那一定是菜刀吧？露子原本是這麼想的，但是那個東西怎麼看都不像是一把刀。那根塗了漆的細棍下面黏著一些毛，毛上沾了墨水。女人握著那根沾了墨水的東西，不停在露子的鱗片上畫來畫去。

露子再度感到頭痛欲裂，彷彿有什麼東西貫穿了自己的額頭。露子拚命掙扎，不斷擺動自己的魚鰭。她雖然沒有辦法呼吸，卻還是努力開闔嘴巴，接著竟然喊出了聲音。

「住手！」

露子被自己的聲音嚇了一跳，這才發現自己正跪在木頭地板上，不停眨著眼睛。原本應該被沼澤泥漿弄髒的雨衣，此時竟然恢復了原本的顏色，更古怪的是，她的身上竟然溼透了。原本綁成兩束的頭髮，此時垂在肩頭，感覺非常沉重。一股強烈的寒意竄上心頭，露子不由得開始發抖。

「……哈啾！」

露子打了一個大大的噴嚏，站在她旁邊的青蛙也跟著叫了一聲。坐在眼前的女人舉起握著筆的手，慢條斯理的說：

「給她一杯熱茶和替換的衣服。」

女人身後的僕人聽見吩咐，立刻站起來，轉身走出房間。露子冷得直打哆嗦，同時凝視那位面帶笑意、好奇的看著自己的女人。露子的腦袋一片混亂，不曉得到底發生了什麼事，也不明白自己為什麼會在這個地方。

這是一間點著燭台的寬敞房間，女人背後有一整排紙拉門，門上畫著各式各樣的動物。那些動物畫得維妙維肖，有鹿、鳥、犀牛、駱駝、狗、狐狸、兔子，甚至還有大象。

露子傻住了，只能不斷眨眼睛。眼前看著自己的女人，不僅有一對黝黑的眼珠，就連頭上綁著複雜髮型而且插了好幾根髮簪的頭髮，以及身上那件看起來相當滑順的長袍，全部都是一片漆黑。她的額頭、頭髮、耳朵，還有脖子上掛了不少銀飾和珍珠飾品，每一件都白得令露子咋舌。

「池塘裡的水如此美味嗎？若不是伊藏把妳抓上來，妳恐怕得一輩子在池塘裡當魚了。」

女人將筆放進墨寶盒，輕輕整理了一下衣襬。

「我已經看了黑暗沼澤魚主人寫給我的信，既然他要妳到墨士館求救，我就幫幫妳吧。」

剛剛離開房間的人，此時又從走廊走了進來，手裡捧著一杯冒著熱氣的茶，此外還高舉著一塊摺疊得整整齊齊的黑布。他恭敬的把這兩樣東西放在女人和露子中間，接著朝女人行了一禮。露子趁那個人抬頭的時候看了一眼，他的身體雖然和人類一模一樣，脖子以上卻是有著紅色眼睛的猴子。

（麥哲倫也是猴子，但這隻猴子看起來和麥哲倫完全不一樣。）

露子感覺腦袋裡彷彿有大量的靜電正在爆裂，那些靜電傳遍全身，讓她有種如坐針氈的感覺。

此時，青蛙忽然「呱」的大叫一聲。不知道為什麼，那隻青蛙的聲音聽起來有些得意。露子端起眼前的陶瓷茶杯，輕啜了一口茶。茶中帶有蓮花的香氣，讓露子原本凍僵的身體，終於感覺到血液重新開始流動。

「換完衣服後，妳再告訴我妳是誰，來自什麼地方。現在的妳依然是用魚的腦袋想事情，用魚的眼睛看世界。想要完全恢復原本的狀態，妳必須盡可能把自己的事情說出來。」

長著猴子頭的僕人搬來一座屏風，於是露子脫掉身上溼透的雨衣及衣服

（她的腳上竟然還穿著積滿水的長靴），換上那件黑色長袍。長袍的袖子和衣襬都長到拖地，布料散發出一股墨水的香氣。

等露子換好衣服從屏風後頭走出來，猴子僕人再度為她換上一杯熱茶，杯口冒著有如白雲般的熱氣。此時露子已經不再感到寒冷，四肢可以自由擺動，身體沒有任何異狀。猴子僕人取來一塊布，解開露子頭上的髮結，將溼答答的頭髮擦乾。但是擦完之後，露子的頭髮亂得像鳥窩一樣，旁邊的青蛙忽然縱身一跳，坐在露子的頭髮上，露出一臉找到歸宿的表情。

女人靜靜坐著，等待露子開口說話。現在是幾點呢？露子的心中忽然產生了疑問。現在該不會是三更半夜，女人因為自己的造訪，所以才特地起床迎接吧？露子頭頂著青蛙，急忙想要說出自己的名字。

「啊……啊、啊……」

露子嚇了一跳，趕緊伸手摀住嘴巴。她明明想要說出名字，舌頭卻緊貼在嘴裡，沒有辦法發出聲音。為什麼會這樣？剛剛自己明明成功喊出了「住手」……難道她剛才根本沒有喊出聲音，只是自己的錯覺嗎？露子做了一次深呼吸，再次嘗試開口說話，結果還是一樣。

女人與猴子僕人對看了一眼。

「看來妳的舌頭還沒有完全恢復。妳會寫字嗎？既然沒辦法說，不如用寫的吧。」

女人把手邊的墨寶盒遞給露子。猴子僕人相當機靈，立刻取來了紙張，把紙攤開放在地上。紙質相當輕薄，看起來像是寫毛筆字用的宣紙。漆黑的墨寶盒裡，有一塊看起來像是岩漿冷卻凝固而成的硯台，一塊看起來像網紋珊瑚的銀色文鎮，以及五根粗細不同的毛筆。

露子依照吩咐，提筆在硯台上沾了一些墨水，然後才將筆移到紙面上。

突然間，露子的心臟揪了一下，完全不知道該寫什麼才好。

頭頂上的青蛙發出呱呱呱的叫聲，或許是在打嗝吧。

『馬』

露子以顫抖的手腕寫下一個字。馬？露子也不知道自己到底想要寫什麼。因為她用力過猛，文字的線條看起來非常粗，而且還歪七扭八的，簡直就像是從沒寫過字的人第一次提筆寫字。

露子臉色慘白的看著自己寫的字，女人則慢條斯理的對她說：

「唔，看來寫字能力也還沒有恢復。不然妳就畫圖吧，不管是怎樣的圖案或紋路都沒關係，把妳想得到的全部畫下來……或許妳會覺得拿筆是一件很辛苦的事，但如果不努力練習，妳會忘記自己應該回去的地方。」

露子沒有答話，而是一臉無奈的舉起筆，胡亂畫出粗粗的直線。一條、兩條、三條……

這不是馬戲團入口處的直條紋圖案嗎？

（馬戲團……對了，我想要寫的字是「馬戲團」！）

露子心跳加速，立刻又畫起了其他圖案。

下雨、水滴、蝸牛。線條愈來愈細，變成了書頁，書頁展開後形成弧線，接著又變成睡蓮。香菇、茶杯、瀏海綁成一束的小女孩、小鳥、有著大眼睛的水母。

露子不擅長畫圖，卻感覺背後有數不清的景色如排山倒海似的朝自己湧來。如果不趕快把那些景色畫在紙上，自己就會被那些景色壓扁。猴子僕人拿來更多紙張，露子就這樣不發一語的一張接著一張畫下去。

大象、兔子……女人背後的紙拉門上也有這兩種動物。瀑布的水流、蝴蝶翅膀、露子的筆。沒人願意讀馬戲團的書，露子曾經想要改寫那本書。露子以為只要這麼做，蘭蘭和其他馬戲團成員一定會很開心……現在回想起來，露子實在不明白自己怎麼會做出那樣的事。詢問骷髏龍或渡渡鳥，或許就能知道答案了吧？自己突然消失，大家說不定正在擔心她呢。不知道蛋糕有沒有順利完成？舞舞子想做的那個超困難蛋糕……

露子不停畫圖，手腕的動作從來沒有停過，不知不覺間，房間的地板上漸漸鋪滿了畫著圖案的紙。猴子僕人不斷拿來新的紙張，那個看起來像是滿臉皺紋的老奶奶，又像是擁有圓潤臉頰的神祕女人，只是默默看著露子畫的圖，似乎覺得相當有意思。

或許是因為外頭的雨勢太強，還帶來了陣陣雷鳴，一隻蝸牛爬到了屋簷下的走廊欄杆上。如果露子停止畫圖，仔細觀察這隻有亞麻色外殼的生物，就會發現牠將觸角轉向自己的方向好幾次。但是露子一直沒有抬頭，蝸牛也隨著夜晚的流逝而不知所終。

露子就這麼全神貫注的畫著圖，直到外頭雨勢止歇，東方的天空露出魚肚白為止。

二十二　墨與紙

濃濃的墨水香氣讓露子醒了過來，這才發現自己躺在散發麥芽糖色光澤的木頭地板上，不知不覺的睡著了。有人在她的頭頸下方放了枕頭，還在她身上蓋了一條白色毛毯。

露子坐起上半身，頭髮披散在肩頭，身上衣服的布料發出了細緻柔和的聲響。

「哇……」

放眼望去，寬敞的房間地板上被數不清的紙張淹沒，讓露子忍不住發出了驚呼。每一張潔白的紙上，都有著綜橫交錯的黑色線條，呈現出各式各樣的圖畫及圖形。

昨天那個女人和有著猴子臉的僕人已經不知去向，房間裡只剩下露子一個人。露子完全想不起來自己是什麼時候睡著的。晨曦射入房內，將那些畫著動物圖案的紙拉門照得像雪一樣白，相較之下，地板、柱子和天花板的木材卻黑得彷彿所有東西都會被吸進去似的。走廊上的遮雨板被打開了，隱約可以看見在另一頭不斷搖曳的物體，反射著綠色的光芒，那大概是庭院裡的植物吧。

露子拿起一張身旁的紙，上頭描繪的笨拙圖案，確實是出自自己的手。這

裡的每一張圖，都是她親手畫出來的。昨晚那種不顧一切提筆亂畫的感覺，還清楚的殘留在露子的手掌心。露子看著數不清的圖畫，內心不禁有些徬徨，又有一種難以言喻的敬畏感。若要勉強用言語形容，就好像是肚臍附近出現了一個透明的空洞。

「呱呱！」

露子的膝蓋旁邊忽然傳來青蛙的叫聲。回想起來，昨晚那個神祕女人似乎稱這隻青蛙為「伊藏」。

「哇，嚇了我一跳……你一直在這裡嗎？」

青蛙沒有回答露子，而是將神祕的金色眼睛轉向一旁，不知道在看什麼東西。

露子忽然想起一件事，戰戰兢兢的摸了摸自己的嘴巴。

「我能說話了？」

露子試著發出聲音。

「……我想起來了！我的名字叫露子，來自『下雨的書店』！不對，正確來說，我是來自外面的世界……沒錯，我都想起來了！從我在市立圖書館的時候，那本馬戲團的書就一直跟著我……」

露子站了起來，拉起長長的衣襬，在到處都是紙張的地板上繞起圈子。那一張張笨拙的圖畫，喚醒了露子的記憶。

露子想起了莎拉，想起了星丸和本莉露，想起了浮島先生、古書先生、舞舞子、兩個精靈，以及鬼魂……

露子開心得原地轉圈，她長長的衣襬向外展開，有如花瓣一般。衣襬帶起的旋風，讓鋪在地面的紙張跟著上下飛舞。

過了一會兒，露子的心情低落下來，衣襬也不再飛舞，因為在恢復記憶的同時，露子想起自己為什麼會和同伴走散，以及自己可能再也沒辦法回家的事。

「該怎麼辦呢？」

露子緊緊抓住身上那襲墨水色長袍的衣角。她無論如何都要回家才行，但是……

就在這時，露子聽見了衣物摩擦聲。抬頭一看，那個女人和猴子僕人從走廊走了進來。

「看來妳畫了不少。」

女人踏進房間，看見地上的大量紙張，露出了開心的表情。

「真的很謝謝妳……我好像恢復原狀了……」

女人聽到露子這麼說，她那看似年紀很大又像小女孩的臉上漾起了微笑。女人握著一柄白色摺扇，摺扇的表面似乎寫滿了文字。

站在女人身後的猴子僕人，將手上的餐檯放在青蛙和露子睡覺時蓋的毛毯旁邊。散發光澤的漆器餐檯邊緣有一條非常細的銀線，餐檯上放著昨晚露子喝過的蓮花茶，以及顏色黝黑的巧克力蛋糕。

露子這才察覺，自己早已餓到頭昏眼花的程度。女人請露子就坐，於是露子在青蛙旁邊坐下，吃起那些事先切成好幾大塊的巧克力蛋糕。

「請問……這裡是什麼地方？」

一口氣吃掉一半的蛋糕之後，露子才揚起視線，看著女人詢問。

「黑暗沼澤的魚主人應該向妳提過吧？這裡叫墨士館，是專門以墨水寫字和畫畫的地方。我是『墨士』，和隨從『林藏』及青蛙『伊藏』一起生活。雖然這裡沒有其他人，但並不影響我寫字、畫畫……我這裡已經很久沒有客人上門了。」

露子吞下入口即化的蛋糕，說：

「我……我叫露子。」

墨士點了點頭，她頭上的髮髻也隨著頭部的動作微微搖擺。那髮髻的形狀相當複雜，有如一片陰晴不定的烏雲。

「妳寫了一個故事是嗎？」

露子在墨士的注視之下，將雙手放到膝蓋上，有氣無力的搖頭回答。

「……我沒有寫完，所以不能算是『寫了』。」

「好吧，妳正打算要寫，妳想要從頭修正一個麻煩的馬戲團故事。」

墨士一邊說，一邊以收攏的摺扇指著地上一張張的圖畫。墨士的手上彷彿有一條看不見的絲線，將圖畫一張張串聯起來，交織成一個故事。坐在露子旁邊的青蛙不斷鼓脹鳴囊，臉上的表情彷彿帶著三分笑意。

「抱歉，我得回去『下雨的書店』……」

露子話才說到一半，墨士就突然攤開摺扇，打斷了她的話。

露子像是突然看見飛蛾露出翅膀上的同心圓紋路，在看了摺扇上頭的陌生文字後，全身竟然動彈不得。

「如果妳就這麼回去，終究還是會重蹈覆轍。想寫卻寫不出來，甚至開始覺得寫故事是一件很丟臉的事……下一次，妳恐怕會變成比沼澤魚更悲慘的模樣。我勸妳繼續待在這裡，多回想一些詞句。在我的墨士館，不管妳要寫多少字，或是寫錯多少字，都不會有人責罵妳。」

露子雖然不認同她的說法，卻沒有開口反駁。喝完茶、吃完蛋糕後，猴子僕人端走餐檯，接著取來一個墨寶盒，放在露子的面前。這個墨寶盒與露子昨晚用的不同，裡頭只有一個雞蛋形狀的小硯台、一個蝸牛形狀的銀色文鎮，以及一枝筆。

猴子僕人——林藏為露子準備了紙張，露子並不是很想寫字，但為了感謝他們的救命之恩，露子還是提起了筆。昨天畫了很多圖畫，露子感覺非常滿足，現在已經完全不想寫任何字。或者應該這麼說，她不覺得自己有必要在這裡寫字，不過她還是動筆了。筆尖一碰到紙張，頓時響起了紙張吸收墨水的細微聲響。直到這個瞬間，露子才察覺到自己心中的詞句竟然是七零八落的狀態，就像那些從身上剝落遺留在鋼鐵色針葉林內的鱗片一樣。要讓這些離散的詞句回歸到正確的位置，恐怕不是一件容易的事，至少比讓魚重新長出魚鱗更花時間。

就這樣，露子把所有想得到的文字全都寫了下來。寫到太陽下山，露子喝完茶又吃了蛋糕，繼續在點著蠟燭的房間裡寫字，一直寫到深夜才睡覺，隔天天色一亮，馬上又爬起來寫，一直寫到太陽下山……

這樣重複的日子究竟過了多少天？露子並沒有計算天數，墨士和她的僕人也沒有告訴露子。

走廊外傳來了小鳥啾啾啾的叫聲。

連續下了一整天的雨，到了今天早上終於放晴了。這一天的早餐除了茶和巧克力蛋糕之外，還有帶殼的胡桃。露子吃完早餐後，一如往常的開始提筆寫字。

「呱呱！」

坐在露子頭頂上的青蛙伊藏忽然放聲大叫。

露子抬起頭。

小鳥似乎就在附近，那啾啾叫的聲音異常尖銳刺耳。

露子轉頭望向小鳥，發現那隻小鳥的羽毛是自己非常熟悉的琉璃色，心裡不禁鬆了一口氣，於是又低頭寫了一行字。

墨水被吸入紙中，表面失去了水氣及光澤，便維持著文字的形狀不再移動。那就像是在黑暗的土裡歷經漫長的寂靜歲月，終於產生了結晶，瞬間萌生在紙面上，接著又旋即消失無蹤。

無數個想要寫下文字的念頭，在露子的心中有如雨後春筍般湧出。那些渴望有些像是土塊，有些像是雨滴，有些則像是迎面拂來的微風。

「露子、露子！我跑了好多地方一直在找妳，那真的是一場大冒險！現在我們有回去的理由了，舞舞子的蛋糕完成了！」

露子一站起身，原本坐在露子頭上的青蛙伊藏便猛力一彈，從她的頭上跳了下來。

「妳怎麼會穿成這樣？看起來活像是一隻烏鴉！」

星丸停在走廊的欄杆上，歪著頭說。

「你先等一下，我準備好馬上過來。」

露子拉起墨色長袍的下襬，拉開紙拉門，跑進了隔壁房間。

墨士與林藏早已在房間裡等待露子的到來。林藏遞出一個盒子，裡頭放著露子原本的衣服。墨士看著露子匆忙換裝的模樣，呵呵的笑了起來。

「妳已經找到想寫的故事了嗎？」

「嗯！」

露子一邊點頭，一邊把手臂穿過雨衣的袖口，接著拉出脖子後頭的雨衣兜帽。她將頭髮分成兩束，分別綁在耳下的位置。

「既然如此，我送妳一樣東西。」

墨士拉起露子的手——就是當初黑暗沼澤魚主人留下記號的那隻左手。但是這一次，墨士提起毛筆，在她的手心寫下一個美麗的字。

『雨』

這個字清楚的留在露子的掌心。

「這是一個字冠，妳可以把它送給合適的對象。」

墨士以令人捉摸不透的眼神，對露子這麼說。

林藏把露子那雙淡綠色的長靴遞給她。露子將洗得乾乾淨淨的長靴抱在懷裡，對墨士深深鞠躬行禮。

「謝謝妳的紙、墨，以及蛋糕！」

墨士笑著點了點頭，指著外頭說：

「快去吧，盡情的寫吧。」

此時，伊藏跳到林藏的頭頂，發出了「呱呱呱」的叫聲。露子也向他們鞠躬道謝，然後才抱著長靴進入走廊，跑向星丸所在的地方。

露子從走廊奔下階梯，來到後院才穿上長靴。星丸從欄杆上飛起，落在露子的頭頂上。

「我們找了好久，到處都找不到妳，後來是本莉露去找玉響響幫忙，才終於問出妳可能會在這個地方。本莉露已經失去了自在師的能力，卻還是為了妳越過天氣百會口，見到了天候大納言！妳知道是誰操控書來瘋先生的骷髏船嗎？是莎拉！那艘船可厲害了，竟然能夠在天上飛呢！可是後來遇上暴風雨和雷電，骷髏船差一點就沉了……沉沒的骷髏船聽起來很讓人興奮對吧？就在那個緊要關頭，電電丸拜託其他雨童，開了一條雨道讓我們通過！原本身為雨童不能做這種事，不過舞舞子向一千名精靈討來了通行證！那些雨童看了之後，即使會破壞規則也非幫我們不可……但妳知道最厲害的人是誰嗎？那就是我！我一得知妳的所在位置，立刻就跳到天龍的背上飛來這裡！那些天龍真的很厲害，他們全速飛行的時候，速度幾乎和音速差不多。但是妳放心，我一次都沒有被甩下去。

我相信這場冒險應該有寫成一本書的價值吧！但我不必讀這本書，因為我親自經歷過了！」

星丸滔滔不絕的說著，同時以小小的爪子抓著露子頭頂上的髮旋。綁成雙馬尾的頭髮在露子的肩膀上不斷彈跳，簡直就像是天真雙胞胎小狐狸的兩條尾巴。露子跑了一會兒，忍不住笑了出來。

「星丸，你好輕呀！」

「你說什麼？我是一隻鳥當然很輕，這有什麼好奇怪的？」

露子呵呵笑個不停，星丸站在露子的頭上，覺得有些摸不著頭緒。

墨士館的後方是一大片碧玉色的茂盛竹林，星丸鼓動翅膀飛向前方，接著一個翻身，變成了男孩的模樣。不過他沒有以赤裸的雙腳著地，而是張開隔著衣服長在背上的翅膀，同時拉住露子的手。

「往這邊！快點，動作快！」

星丸緊緊拉著露子，在竹林清澈的空氣中穿梭而過。露子使盡全力奔跑，內心不禁想著，這可能是她這輩子跑得最快的一次。他們就這樣，鑽入了瀰漫著竹香的竹林深處。

直達天際的青綠色竹子，與籠罩在竹林深處的灰暗空間交織成無數直條紋。不知道從什麼時候開始，所有竹節和長著筆直竹葉的竹枝都從景色中消失了，露子與星丸彷彿是在永無止境的直條紋道路間奔跑。

直條紋道路的顏色不斷改變，從原本的青綠配上渾黑，變成了讓人聯想到雪景的石灰色配上墨汁色，接著又變成宛如霓虹燈的紫色配上哈密瓜汽水色，然後是草莓冰淇淋色配上生鏽的金色，最後是蔚藍天空色配上高聳白雲色。

「歡迎兩位蒞臨馬戲團！」

白兔以表演魔術般的動作，突然出現在兩人面前。他彎下白色的身體，像一顆雪球似的朝兩人鞠躬行禮。接著他抬起頭，豎起一對長長的耳朵。露子仔細一瞧，兔子的手裡拿著兩樣書寫的文具。

其中一個是蝴蝶形狀的筆記本，另一個則是透明的筆，它們都是露子遺失的物品。

「這是妳忘在馬戲團裡的東西。」

白兔雜七雜八臉上的表情十分淡然，雙手的動作卻像是捧著世界上最珍貴的寶物。白兔將筆和筆記本遞給露子，那畫面簡直就像是在藍白條紋的晴朗天空上，出現了一顆雪球。

「……你們的馬戲團修復了嗎？」

露子接下筆和筆記本，惴惴不安的詢問。雜七雜八瞇起他那紅寶石色的眼睛，露出神秘兮兮的笑容。

「並沒有。即使借助了隨心所欲墨水筆的力量，也沒有辦法讓馬戲團重獲新生。但是我們很幸運，因為精靈使者向我們伸出了援手……你看！這景象有如天河氾濫，好似惡魔打翻了砂糖罐！敬請觀賞偉大的蛋糕襲擊秀！」

白兔以中氣十足的聲音如此吆喝，周圍的直條紋瞬間扭曲變形。一股突如其來的強風，將馬戲團的帳篷捲到了半空中。

二十三　驚天動地的下午茶

『烤好的蛋糕正如同它的名稱，是一陣龍捲風。生奶油與巧克力醬形成漩渦，不斷沖瀉下來。草莓和銀珠糖像冰雹一樣，一顆顆從天而降。蛋糕體大過任何建築物，只能用驚天動地來形容……這個蛋糕沒有放在盤子裡，也沒有擺在桌子上，而是以倒栽蔥的方式，由天空往地面俯衝而下。』

露子飛得搖搖晃晃，看起來極不平穩。她身上所有的浮力，全都來自於背部那對綻放光芒的蝴蝶翅膀。

露子不停的書寫著。她一邊操控蝴蝶翅膀，搖搖晃晃的閃過滿天飛舞的奶油與糖花，一邊全心全意的在筆記本上寫字。

『馬戲團的帳篷已經被風吹走，從天空襲擊而來的龍捲風蛋糕，引發了可怕的狂風，而且任何暴風都不及這股狂風強勁。那道漩渦之中，不僅有剛泡好的茶，還會不斷產生新的糕點，光是冰淇淋的種類就有上百種，在空中如同項鍊般串連在一起。除此之外，還有形狀多樣的精美糖雕，以及烤好的肉桂派會自動跳到盤子上。』

「哇，這真是太帥了！我從來沒有體驗過這麼瘋狂的下午茶！」

星丸大聲歡呼，伸手抓住飛到身邊的馬克杯，一口氣喝光了裡頭的熱可可。龍捲風蛋糕覆蓋了整片天空，形成巨大的漩渦，夾帶著狂風矗立在露子等人的頭頂上。

嚴格來說，這副景象與其稱之為「蛋糕」，或許命名為「下午茶時間的襲擊」會更加貼切。閃電會烘烤糕點，天空不斷灑下有如雪片般的砂糖粉，糖漿及果汁形成陣陣驟雨，搭配著各色水果灑落大地。除此之外，天空中還飛舞著不知來自何處的各色花卉，「狂暴」與「歡樂」在龍捲風的漩渦中巧妙融合在一起。

雨水的氣味配上糕點的甜香及茶香，挑逗著眾人的心靈。席捲而來的渦流散發出香氣，帶來一種「驚人的還在後頭」的預感。

在那陣陣香氣之中，突然飛出一團小小的白色物體，乍看之下還以為那是被吹散的生奶油碎塊。

「姊姊！姊姊！」

一道人影懸掛在羽毛傘下方，不停的朝露子招手，那個人正是莎拉！

「莎拉！」露子也大聲回應。

為了盡可能靠近在狂風中飄盪的莎拉，露子繼續寫下更多的文字。

『來到蛋糕的正中央後，可以看見頭頂上方的天空，顏色看起來就像是藍色夾雜著玫瑰色的大理石，而且到處都有閃電在奔走。這個把天空作為餐盤的蛋糕，簡直就像是正在舉辦熱鬧祭典的高塔。』

來到露子附近後，莎拉巧妙的操控羽毛傘，進入龍捲風蛋糕產生的氣流之中，有如跳舞般不斷旋轉著身體。莎拉的白色長靴在空中踏著輕快的舞步，笑聲傳入了露子的耳中。

「蛋糕完成了！這就是舞舞子姊姊的龍捲風蛋糕！有好多糖果，好多爆米花，好多音樂盒堅果，好多果凍珠子，還有好多茶和牛奶！」

莎拉露出興奮的表情，抬頭看著眼前的蛋糕，以穿著長靴的腳踩踏空氣。

這時，一道金色糖漿從莎拉的頭髮旁邊流過，上空颳起了麵粉風雪，陣陣灑落的銀珠糖及歐白芷[3]散發出熠熠光芒。在這道龍捲風中，一場龍捲風蛋糕的下午茶時間正逐漸準備就緒。

「姊姊，我寄了一封雨信給妳，妳沒收到嗎？」

「雨信？我沒收到，因為我變成了另一種生物。」露子有氣無力的回答。

莎拉為了讓露子打起精神，用力抓緊了手中的羽毛傘，興高采烈的說：

「馬戲團那些人，也會來參加我們的下午茶喔！姊姊，幸好妳趕上了！」

「馬戲團？妳的意思是蘭蘭他們……」

就在這時，頭頂上傳來了小型鞭炮的爆炸聲響。露子抬頭一看，在一陣藍色煙霧和金色亮粉之中，出現了一頭蜷曲著身體的小象。那頭小象舉起細細的鼻子，發出「噗」的鳴叫聲。下一秒，小象的腳底出現一根銀色的棒子。小象一踏在那根棒子上，那根棒子竟然變成了空中飛人的高空鞦韆。原來那根棒子的兩端有看不見的細線，與天空連接在一起。

蘭蘭．雷寧站在鞦韆上，朝露子鞠躬敬禮。

「歡迎觀賞本馬戲團唯一一次的特別演出！龍捲風蛋糕與特技表演，以及馴獸師與珍奇動物們的驚奇下午茶時光！」

蘭蘭一聲令下，過去潛逃或躲藏在各地的馬戲團成員便一一現身，站到蛋糕漩渦的各個角落。高舉著淡桃紅色陽傘的舞孃，和蘭蘭一樣站在高空鞦韆上；人魚四姊妹手牽著手，在空中上下飛舞；噴火壁虎高舉著颶風酒的酒瓶，噴出口中的火焰；馴獸師都是腰部以下只有粗壯尾巴而沒有腳的海馬，他們與擁有銀色翅膀而且只有一隻腳的雨鳥，擁有美麗鱗片的深海古龍，以及高高頂著一根牙齒的孤傲獨角鯨一起在空中翱翔。當然，在紀念品店裡將筆記本送給露子的那個頭頂章魚的特技師，也在表演者的行列之中。

從某個地方傳來的馬戲團音樂聲，在龍捲風蛋糕的內部不斷迴盪。

（啊啊……不知道為什麼，這個感覺好熟悉……）

馬戲團的表演者在龍捲風蛋糕中翩翩降落，身旁飄浮著閃閃發光的泡沫、雨滴和舞動的水珠。露子仰頭看著他們的表演，頓時有種相當懷念的感覺在胸口油然而生。

露子從來不曾見過真正的馬戲團表演，但是看著眼前的畫面，她總覺得有

3　當歸屬的植物，在歐洲常作為製作糕點的材料。

些似曾相識。這種由氣味和燈光效果喚醒的感覺，是一種對接下來即將發生的未知所產生的期待。觀眾將要親眼目睹馬戲團的各種精采表演，度過一段魔法般的時光……

這種令人懷念的感覺，到底是從何而來呢？

『在布滿整個天空的龍捲風蛋糕漩渦中，精采的表演輪番上陣。章魚特技師不斷舞動身體，那伸展及彎曲的動作是如此的華麗。猛獸們各自發出不同的吼叫聲，在空中表演特技飛行。人魚姐妹們一游動，透明尾鰭的前端總是會出現極光般的光流，形成有如彩帶般的效果。在那彩帶的環繞下，表演空中飛人的舞孃踏著階梯朝觀眾走來。

這些演出是如此的光彩奪目、異想天開、熱鬧又歡樂……』

露子不停的寫著，內心卻懊惱不已。不對，這不是自己想要寫的內容。就算針對特技或動作做再多描寫，也沒有辦法呈現出自己的感動。

那感動可能是特技師或舞孃以每一根手指及每一根頭髮所呈現出的喜悅顫

動，也可能是猛獸們利用與生俱來的身體所描繪出的神祕紋路。這些感動總是一閃即逝，沒有辦法重複體驗。頭上戴著章魚的特技師露出了燦爛的微笑，朝小象蘭蘭・雷寧伸出了手。蘭蘭高高舉起他稚嫩的鼻子，以單腳縱身跳到特技師的手掌心。

狂風形成了渦流，燈光將雨滴照得閃閃發光。雷聲此起彼落，有如串在一起的星辰。

馬戲團的表演、不斷產生的糕點，以及花朵的香氣，配上那頑皮的風雨，在觀眾身體的最深處製造出一波又一波的清新電流。

那彷彿從身體內側向上竄升的閃耀光芒，令露子感覺到天旋地轉。自己的心弦到底是被什麼東西觸動了呢？那種感覺既不是恐懼，也不是歡愉，而是一種來自內心更深處的微妙情緒。自己要怎麼寫，才能清楚呈現出這股感受呢？

露子身旁的星丸，在發現一塊藍白色的漩渦狀餅乾後，立刻張口咀嚼。莎拉也將五顆飛向自己的甜甜圈，巧妙的套在手指上。

「姊姊，這個畫面好夢幻喔！不管是馬戲團、蛋糕，還是照照美姊姊的花，全都好棒！」

此時剛好有一條彎月形的果凍一邊抖動一邊飄了過來，莎拉順手抓起果凍遞給露子。那水藍色的彎月形果凍裡包著銀色的星砂糖，盛裝在玻璃容器裡頭的生奶油，看起來就像是環繞著月亮的白雲。

「呃……好，我很想吃，不過先等我一下。」

露子維持著抬頭的姿勢，用全身感受眼前的景色，將自己的所思所想動筆寫下來。

『……這樣的景色，到底是從何而來？到底是誰製作了這個東西？『這個東西』指的不是蛋糕，也不是馬戲團，而是某個更加巨大的東西，大到讓人嘆為觀止，卻又距離自己十分接近。』

蛋糕上方的天空，不斷改變著時間及天氣的瑰麗變化，有時是黎明之色，有時看起來像打磨得清澈透亮的藍寶石，有時可看見綠色的微風輕拂而過，有時反射著雨滴的絢爛光彩，有時又是深邃的夜色。

星座的煙火轉變為太陽系的煙火，手持陽傘的舞孃跳上獨角鯨交錯的尖牙。一整排的光線快速舞動，劃出螺旋狀的軌跡，不過那其實是兔子站在茶杯邊緣抛出的撲克牌。

在反射著天空光彩而閃閃發亮的撲克牌後頭，高聳入雲的蛋糕內側，有一道影子朝著露子的方向飛來，他一邊飛行一邊閃躲正在努力表演的馬戲團成員，同時還不斷抓起身旁的糕點塞進嘴裡。不對，那或許根本不能說是飛行，而是墜落。那宛如塑膠袋材質的肥胖影子，正拚命動著塞了大量甜食的嘴，不知道在呼喊什麼。

「哇啊啊啊……妳終於回來了！歡迎妳回來！等等，這種時候還在拿筆寫字，妳是不是腦袋有問題？看看這馬戲團的表演還有龍捲風蛋糕！妳體驗過這麼酷的下午茶時間嗎？在這種節骨眼，妳還有心情寫東西？」

鬼魂緊緊抓住露子，那散發著藍白光芒的雙眼帶著兩道淚光。他那有如水母般的圓滾滾身體，整個貼在露子的臉上，讓她幾乎無法呼吸。露子趕緊將鬼魂從臉上「撕」下來。

「靈感，你別來搗蛋！我不寫字就會掉下去！」

「我相信現在的露子可以一邊掉下去一邊寫字。」身旁的星丸笑著這麼說。

此時鬼魂抓著露子的手肘，莎拉扶著露子的背，就算蝴蝶翅膀消失了，露子也不會掉下去。

眾人隨著露子緩緩降落，此時蘭蘭．雷寧也從高空鞦韆上縱身一跳，以緩慢的速度輕巧的落到露子面前。

「『下雨的書店』的朋友們，都在下面等著妳。」小象看著露子的雙眸這麼說。

他那對受濃密睫毛保護的深色眼珠，反射著來自天空及馬戲團煙火的燦爛光輝。

「真的很抱歉，讓妳遇到了這樣的事。不過我很感謝妳想要幫助我們馬戲團，以及我們的書。」

蘭蘭的白色耳朵隨風擺動，有如晾在風中的衣物。

露子仰頭看著那對耳朵後頭的壯觀天氣變化、下午茶，以及那內斂又充滿活力的馬戲團煙火及舞蹈，還有四處綻放形成繽紛落花的諸多花卉，不知道為什麼，她的腦袋裡竟然有種昏沉沉的衝動。那是一種想要寫出一篇新故事的衝動，這股衝動彷彿隨時會從頭頂、胸口、腹部或手腳的前端噴發出來。

「……到底是從哪裡生出來的呢？」

就在露子忍不住問出這個問題的瞬間，她的腳底剛好碰到了地面。

「露子，歡迎妳回來！」

舞舞子高聲大喊，同時緊緊抱住露子。她的雙臂幾乎將露子的身體捧了起來，因為太過突然，露子一句話也說不出口，只能將臉埋在舞舞子那由苔蘚及蜘蛛絲製成的洋裝上。舞舞子長長的鬈髮在露子的臉頰上輕撫，滑順的觸感讓露子不禁有些驚訝。

「真是作夢也沒想到，竟然會演變成這麼大的事件。」

古書先生不斷用翅膀朝自己的臉上搧風，原來露子他們此刻正在一座遼闊的山丘上。環顧四面八方，這裡既看不見墨士館，也看不見剛剛穿過的那片竹林，眼前只有一片被翠綠嫩草覆蓋的丘陵地。山丘頂端擺了一張圓桌，所有人都在那裡等待露子。

古書先生、舞舞子、書芊與書蓓……甚至連照照美也來了。照照美的肩膀上坐著麥哲倫，頭上戴著一頂裝飾著活蝴蝶的帽子，而且那隻蝴蝶還有一對透明的翅膀。除此之外，照照美的手裡還拿著一根象頭拐杖，她挺直了腰桿，仰

望頭頂正上方的龍捲風蛋糕。

「露子，味道怎麼樣？姊姊製作蛋糕的時候，馬戲團的朋友們幫了不少忙呢。」

松鼠猴麥哲倫對走上前來的小象露出小小的牙齒，並且發出吱吱吱的叫聲。穿著野菊花洋裝的照照美嫣然一笑，歪著頭說：

「當初在庭園裡，我們本來以為蛋糕快要完成了，但是就在最後一刻，才發現漏掉了一個非常重要的材料。要完成龍捲風蛋糕，一定要以『驚奇』作為最後的裝飾。」

「多虧古書先生帶來了蘭蘭和其他馬戲團的朋友們，雖然我原本並沒有請大家幫忙的意思……但是大家真的幫了我很多忙。」舞舞子接著照照美的話，繼續說下去。

這時，照照美帽子上的蝴蝶，忽然開始輕輕拍動翅膀。

「古書先生，你應該早就猜到姊姊需要馬戲團的力量，才能完成這個讓她日思夜想的蛋糕，而製作出來的龍捲風蛋糕，剛好可以成為馬戲團的最佳表演舞台。」

古書先生面對照照美的視線，只是聳了聳肩，然後轉頭閉上了眼睛。

「我不明白妳在說什麼。打從一開始，我就知道以我助手的實力，要製作這款蛋糕絕對不是問題。」

蘭蘭一直維持著向眾人低頭鞠躬的姿勢。露子感覺好久沒有見到大家了，心中感動不已，什麼話都說不出口。

「本莉露呢？她在顧店嗎？」

露子漫不經心的隨口詢問。站在她身旁的蘭蘭忽然轉頭望向身後，捲起了自己的鼻子。

本莉露正從遠方跑過來。她穿著長靴的雙腳，在草地上全力奔馳，兩條辮子在兩邊的肩膀上劇烈彈跳。她一口氣跑到露子的面前才停下腳步，還來不及調勻呼吸就急著說：

「露子，妳回來晚了，所以我一直在看書，沒想到竟然遲到了……電電丸說要找七寶屋老闆一起喝下午茶，但是還得花上一點時間。露子，妳應該多看一點馬戲團的表演……跟我來！」

本莉露忽然拉著露子的手向前奔跑，所以蘭蘭和拉著露子雨衣的莎拉也跟在她們的後頭。

「本莉露，妳等一下……」

本莉露不理會露子的呼喚，匆匆離開了圓桌，兩條辮子在風中上下舞動。她抬頭仰望頭頂上的龍捲風蛋糕，在那高空之上，蛋糕形成的漩渦正與馬戲團的表演互相輝映。光與影，香氣與聲音，巧妙的融合在一起。馬戲團的表演極為精準，沒有一絲一毫的偏差。

就在這個時候……有一團白色的物體自漩渦中緩緩飄落，原來是小丑白兔。露子緊張得全身僵硬，卻還是主動朝白兔的方向跑過去。

白兔雜七雜八降落到地面，朝露子深深一鞠躬，接著伸出他柔軟的手掌。露子的腳下忽然響起劈啪聲，同時出現了一道由撲克牌形成的階梯。蘭蘭先朝露子恭恭敬敬的行了一禮，然後率先登上階梯，其他人也趕緊跟上。

熱茶的水氣反射著璀璨光芒，馬戲團的表演者不斷以全身做出各種沒有人能夠預測的動作。帶有藤蔓的花卉盛開，散發出令人陶醉的花蜜香氣。

露子一邊登上由撲克牌組成的螺旋階梯，一邊看特技師及魔術師的表演，不由得愈看愈入迷。從腳尖的動作到背部的姿勢，從肩膀到手指的力量傳遞方式，都是為了馬戲團的這一刻而呈現出來的華麗表演。出現又消失，消失又出現，露子看著眼前的表演，清楚的感覺到體內似乎有什麼東西在隱隱震動。

馬戲團不僅存在於露子的眼前，那絢爛且令人驚奇的意象也存在於露子的心靈深處。馬戲團彷彿是以魔術的手法從露子的體內誘發出驚奇，並將其轉化為各種新的魔法或特技表演，在空中呈現出來。

一股耀眼又灼熱的情緒，從腹部的深處往上竄升，在短短的時間裡迅速膨脹，然後再也無法壓抑。

莎拉用力抓緊露子的雨衣，同時加快腳下的動作，幾乎是整個人貼在露子的身上。

「是從哪裡來的呢？」

露子終於停下腳步，望著龍捲風蛋糕中的馬戲團表演，朝什麼都沒有的空間問出了這個問題。

「這些創作到底是從哪裡來的呢？」

「它們來自於非常深邃的地底下。」

蘭蘭．雷寧以自豪的眼神看著自己的馬戲團，開口回答露子的問題。

「在非常深、非常深的地底下……創作的能量就像是某種礦脈，或者是沒有人接觸過的水脈。不管是馬戲團、故事、音樂，還是能夠製作出美味糕點，或是能夠讓美麗花朵綻放的手，都來自於那個地方。當然，想要冒險的心也不例外。這些東西都有相同的根，這些根深藏在地底下，任何人一旦碰觸了這個根，都會開始嘗試以自己的方法，將它呈現在這個世界上……但是在選擇呈現方法的時候，必須非常謹慎小心。」

蘭蘭說到這裡，稍微停頓了一下。他用鼻子接下一杯飄在空中的蘇打水，喝了一大口，接著打了個嗝。這個嗝一打，他頭頂上的柔毛全都豎立了起來。

「當初寫我們這本馬戲團之書的作者，我相信他一定寫得非常認真吧。他的用心程度，大概就跟想要改寫這本書的妳差不多，但是這種事情光靠認真是不夠的，除了認真之外沒有其他優點的馬戲團，沒有辦法取悅客人。」

「……嗯。」

淚水在點頭的瞬間奪眶而出，露子彷彿可以感覺到自己的眼淚清晰的反射出煙火的光芒。舞孃手中的陽傘不知何時竟然翻了過去，變成一根盛開著大量花朵的李樹樹枝，無數花瓣如同下雨一般落在猛獸們的身上。

「我很高興能在各位的面前表演，我們的馬戲團真的非常幸福。雖然只有這麼一次表演的機會，但我相信有這種機會的馬戲團並不多，所以我們未來會回歸原本的生活，在市立圖書館的書架上靜靜等待讀者的出現。」

馬戲團上方的天空漸漸變得陰暗，煙火則更加燦爛耀眼。真正的星星逐漸在夜空中探出頭來，彷彿正以露子等人聽不見的聲音，討論著這場精采的表演。

「我回去之後一定會立刻把書借來看。我的心裡有好多想寫的東西，讀了你們馬戲團的故事，我一定能夠寫出來。」

舉著李樹花陽傘的舞孃，以靈巧的動作向觀眾鞠躬；白兔雜七雜八伸手一變，撲克牌立刻變成了精緻的純銀王冠；一名馴獸師拿起王冠，把它戴在舞孃的頭上，同時天空中也灑落了大量的花瓣。

「這是我們的榮幸。」蘭蘭的雙眼流露出甜美的笑意。

這時，一顆碩大的煙火在空中綻放。原本不停表演的馬戲團成員們，聽見了煙火噴發的巨大聲響，全都上下左右互相牽起彼此的手，臉上堆滿笑容，向觀眾鞠躬行禮。

蘭蘭用他那咖啡色的眼珠凝視露子。

「真的非常謝謝妳，希望我們還有相遇的一天。」

露子點點頭，伸出右手與小象交握。

「以後我不管寫什麼故事，一定都會想起你們的馬戲團。」

煙火在馬戲團的正上方形成一顆有如滿月般的光球，顏色從原本的白色轉變為紅色，接著又陸續轉變為綠色、銀色及藍色。最後光球向四面八方炸裂，形成了七彩瀑布，流向馬戲團與龍捲風蛋糕的周圍。黑暗的夜色與明亮的直條紋圖案逐漸包覆瀰漫著香氣的奇妙馬戲團，景象慢慢轉為透明，最後無聲無息的消失了。

原本應該站在撲克牌階梯上的露子等人回過神來，發現大家全部都站在草地上。此時突然響起唰唰唰的聲響，轉頭一看，原來是白兔雜七雜八收回了撲克牌。他洗了洗牌之後，將手伸向背後，那些撲克牌就這麼消失了。

馬戲團的成員們聚集在一起，他們每個人的身體都變得像水一樣透明。蘭蘭舉起那本有著條紋封面的書籍，一頁一頁的翻開內頁，他每翻開一頁，就有一名成員被吸入書中。最後一名成員是白兔雜七雜八，他那有如雪球般的身體被吸入書中，兩個長耳朵朝眾人傾斜，就像是輕輕的鞠了個躬。所有成員都回到書中後，蘭蘭以輕柔的動作闔上馬戲團故事的書籍封面。

原本直入天際的龍捲風蛋糕以螺旋狀的姿態逐漸縮小，渦流靜悄悄的落在大草原中的圓桌上。

熱鬧滾滾的馬戲團表演，以及世界上最盛大的下午茶茶會結束了。

四周只剩下夜晚清澈的空氣，露子將充滿青草與泥土的香氣，輕輕吸入自己的內心深處。

二十四 書櫃上的伴手禮

「哎喲，剛剛那是閉幕的煙火？」

一團烏雲從夜空一角飛了過來，雲中傳來了慢條斯理（或者該說是沒有抑揚頓挫）的聲音。

一隻有著金色眼珠的青蛙，從烏雲的邊緣探出頭來。那隻青蛙的個子，長得比墨士館的伊藏大得多了。

「七寶屋老闆！」

莎拉興奮的朝烏雲揮舞雨傘。此時的天空沒有月亮，但是莎拉的羽毛傘看起來卻異常雪白，就連在青蛙身後長著八字眉的雷電丸也能看得一清二楚，因為山坡上的圓桌周圍點著各式各樣的照明燈。彩色玻璃吊燈、蓮花造型蠟燭，還有一千零一種顏色變化的提燈……書芊、書蓓和麥哲倫負責在桌上點燈，舞舞子及照照美則把點好的燈一盞盞放在附近的草地上。

「露子，妳終於回來了！」

雷電丸踩著木屐，跌跌撞撞的跳下烏雲，跑到露子的面前，用力撫摸露子的頭頂。露子原本綁成兩束的頭髮全都鬆開了，看起來相當凌亂，逗得身旁的星丸哈哈大笑。

「妳那是什麼髮型？簡直像是傻蛋鳥築的巢！」

「星丸，你別亂說，我從來沒有聽過傻蛋鳥這種鳥類。」

「妳當然沒聽過，這是我剛剛發明的。」

星丸說得氣定神閒，露子則是癟著嘴，瞪了星丸一眼，然後急忙重新綁好頭髮。這時，本莉露也走到露子的背後幫忙。

「話說回來，那煙火可真是驚人呢。」

七寶屋老闆慢吞吞的從烏雲上爬了下來。

「舞舞子他們說要舉辦下午茶會，叫我趕快把七寶屋老闆帶來，可惜我們來得太晚，抵達的時候茶會剛好結束了。」

七寶屋老闆對一臉遺憾的電電丸揮了揮他綠色的手。

「別這麼說，那有如瀑布般的煙火真是天下奇觀，能夠閉幕得如此典雅、莊嚴而壯觀，沒有出半分的差錯，真是了不起。光是能看到那一幕，就已經讓我大飽眼福了。」

七寶屋老闆將雙手伸進深藍色短外褂的袖口，用舌頭舔了舔自己的眼珠。

「七寶屋老闆，晚安。請到這裡來，我準備的茶和點心還有非常多。」

舞舞子提著一盞燈走了過來。

「那可真是太感謝了。我正準備要到遠方批貨，出發前打算吃些好東西來補補身體呢。能享用到舞舞子準備的茶和糕點，就算要我去從來沒去過的地方批貨，我也可以毫不畏懼的勇往直前了。」

在星型提燈的照明下，眾人陸續走向擺放著茶點的圓桌（不用說，星丸與鬼魂當然是從空中爭先恐後的衝向茶點）。

「你也來吧。」

本莉露輕輕戳了一下蘭蘭的背，蘭蘭嚇了一跳，捲起鼻子說：

「可是……我……」

蘭蘭有些遲疑，不過露子和莎拉也走了過來，將他拉到圓桌旁。桌上鋪著切割白紙再重重交疊製成的桌布，上面的圖案以圓桌的中央為中心，形成漩渦的圖紋。如果走到近處仔細查看，會發現那些紙的雕工細膩到令人咋舌，而且每一張紙都是不同紋路的魚鱗。

桌上擺著一些花籃，每個花籃裡都裝滿了盛開的花朵，四周還圍繞著玫瑰花形狀的冰淇淋、看起來像精靈翅膀的超薄薄荷糖、頂端燃燒著五色火焰的杯子蛋糕、冒著蒸氣的貓型肉桂甜甜圈、用「寧靜海」生產的蘋果製成的蘋果派、加入大量水果及花卉的蘇打水……還有製作成兔子、魚、蝸牛等不同形狀的棉花糖、花瓣脆片、閃電果凍、焦得恰到好處的棉花糖布丁等，甜點的種類多得令人目不暇給。鯨魚形狀的茶壺裡裝著紅茶，猢猻木形狀的茶壺裡裝著咖啡，大象形狀的茶壺裡裝著可可。

等所有人都就座之後，滿桌的茶和點心竟然有了過去從來不曾發生過的變化。漩渦狀的桌巾開始旋轉，所有茶、糕點、花籃以及水果，也都跟著動了起來。

「大家快來喝茶、吃點心吧。」舞舞子開心的說。

不過，此刻的七寶屋老闆忽然「呱呱」叫了兩聲，顯得有些錯愕。

「哎喲，我看得出來，你需要買點東西了。」

蘭蘭．雷寧發現那隻青蛙看著自己，不由得睜大了眼睛，同時捲起鼻子，發出像是玩具笛子被壓扁時的聲音。

「買、買東西？」

「沒錯。」

七寶屋老闆不理會蘭蘭的驚愕，逕自取出盒中盒，把那七個盒子分別擺在椅子上（因為桌上的桌布像星辰一樣轉個不停，所以只能放在椅子上）。大盒子裡頭有小盒子，小盒子裡頭又有更小一點的盒子……紅、橘、黃、綠、藍綠、靛藍、紫，七個有著彩繪盒蓋的紙雕盒子，整齊的排列在椅子上。

「要買獨一無二的特製商品，請到扇紋的盒子。」

七寶屋老闆說完，將正中央那個表面布滿了扇子圖案的綠色盒子往前推。

剎那間，在圓桌旁露出困惑表情的小象消失了蹤影，他變成像豆子一樣大的白色小點，站在七寶屋老闆的盒子裡，緊張的東張西望。

那個掀開盒蓋的盒子裡頭，有著鮮豔的綠色地板和牆壁，四周擺著許多展示櫃，櫃內陳列著琳瑯滿目的商品。七寶屋老闆的盒子是一間超迷你商店，客人可以進入店裡購物。

「請問……呃……我現在該怎麼做？」

露子他們將臉湊了過來，觀察盒內的情況。莫名其妙跟著進入店內的星丸，在蘭蘭的頭頂上張開藍色翅膀。變得超級小的小象頭頂上，變得更加小到不行的小鳥呵呵笑了起來。

「你什麼也不用做，七寶屋老闆會自己找到適合賣給你的東西。」

店內的展示櫃都有玻璃門，整間店看起來就像是歷史悠久的博物館倉庫。那裡有放在標本箱裡的寶石、保存在盒子裡的羽毛及雞蛋造型的礦石、單獨插在花瓶裡的火焰之花、人魚用的梳子、從魚的肚子裡發現的各種戒指……各式各樣的稀奇商品，這裡都找得到。牆上還掛著動物的角、尖牙及頭骨化石。

「就是這個，就是這個。」

七寶屋老闆從數個櫃子裡取出一樣商品，遞給小象蘭蘭。

「這是用月光晒乾的紙製作而成的書籤，是最適合客人的商品。」

那張剪裁成細長狀的白紙，上頭綁著彩色緞帶，看起來只是個相當普通的書籤。蘭蘭似乎有些遲疑，不知道自己該怎麼做才好，於是七寶屋老闆接著向他說明。

「這是『人魚尾舍』的產品，因為製作太費工，目前已經停產了。它很輕薄而且堅韌耐用，可以夾在任何書籍的內頁。」

「所以它只是一張普通的書籤嗎？」星丸歪著頭問。

七寶屋老闆露出得意的微笑說：

「這項商品保證能讓客人滿意。」

「可是我沒有能跟你交換的東西……」蘭蘭有些結結巴巴的說。

不過七寶屋老闆很擅長應付這種緊張的客人，只見他老神在在的說：

「請不用擔心，我收取的費用，是客人沒買這項商品的未來。」

本莉露屏氣凝神的注視著店內的狀況。露子清楚的看見一條透明帶子，從蘭蘭的肚子附近流出來。那條帶子非常長，長到令人咋舌的程度。

唰！

那條透明的帶子，就是蘭蘭「沒買書籤的未來」。那條帶子作為購買商品的代價，被吸入七寶屋老闆的壺中，就這麼消失了蹤影。

「嗯，他得到『買了書籤的未來』，一定會比剛剛消失的那條帶子更長。」

古書先生用力點頭，將一塊香味四溢的龍堅果塔放進嘴裡。

蘭蘭帶著書籤回到店外時，古書先生喝了一口雷雲咖啡，在嚥下龍堅果塔之後，走到小象的面前。

「蘭蘭，你們馬戲團真正需要的東西是耐心。不論是怎樣的作品，一定能在這個世界上找到合適的讀者。我相信一定會有讀者在看了你們的書之後，產生『這就是我想看的書』的感動。你們應該要做的事情，就是耐著性子等下去。別擔心，書本的壽命比大多數的生物都長得多。」

蘭蘭小心翼翼的將剛剛買到的書籤捧在懷裡，有著長長睫毛的眼睛裡積滿了淚水，對古書先生點了點頭。

「來，快來喝茶、吃點心吧。我做了很多糕點，大家盡量吃……我真是做夢也想不到，自己居然能和那麼棒的馬戲團一起完成蛋糕，我太開心了。原來努力嘗試挑戰一件困難的事，能夠讓心情有煥然一新的感覺。」

聽到舞舞子感慨萬千的語氣，照照美的臉上不由得浮現出笑意，帽子上的蝴蝶也隨之拍了拍翅膀。

「就是說啊，姊姊，所以我才老是告訴妳，不用太為愛冒險的星丸擔心。當我們不知道該怎麼做的時候，就應該選擇冒險。」

原本坐在桌上咬著飛魚形狀芒果的松鼠猴麥哲倫，聽到這句話，忽然回頭吱吱叫了兩聲，似乎是在提醒少根筋的照照美不要太得意忘形。

一旁的鬼魂根本沒空聊天，他拚命把美味的點心塞進嘴裡，書芊和書蓓則是在一旁忙著遞盤子跟杯子給鬼魂。雖然她們把大量的杯盤都拿到鬼魂的身邊，但是那些杯盤會隨著桌巾不斷轉動，所以到頭來鬼魂還是得追著杯盤飛來飛去。

每轉動一圈，桌上的糕點就會改變一次面貌，整張下午茶的桌子就像是在不斷變著魔術。

七寶屋老闆從冰樹上摘下雨滴形狀的果凍，放在他粉紅色的舌頭上；電電丸則拿著湯匙，挑戰正在下雨的積雨雲冰淇淋。他的表情有些啼笑皆非，似乎是覺得這些糕點的分量未免太多了。

「為什麼要製作那麼多糕點？以我們的人數，根本吃不了這麼多吧？」

「這就是龍捲風蛋糕的特色。等下一陣風吹來，所有的食物跟飲料，都會跟著龍捲風前往另一個地方。」

「去找另一群想要舉辦下午茶茶會的人。」

照照美接著舞舞子的話說。

露子吃得好滿足，抬頭仰望眾人環繞的圓桌上方，這才發現雖然圓桌周圍燈火通明，但是那些彷彿在天上靜靜呼吸的星辰，看起來卻比剛剛黯淡許多。就連原本深邃的夜色，如今也變得有些朦朧，彷彿只要一陣強風吹來，就能將這片夜空吹散。這種寂寥的氣氛，或許也是馬戲團表演結束之後的產物吧。

露子察覺到大家的臉上雖然帶著笑容，表情卻有三分落寞，這個時候還能張口大吃大喝的人，大概只剩下鬼魂了。

鬼魂吃完最大的那塊高帽巧克力蛋糕，接著抹了抹嘴角，猛然從椅子上浮起來說：

「好，我先回書店去了！時機已經成熟，接下來我要一口氣寫完王國的故事！」

鬼魂以尖銳的聲音喊完這句話，旋即飄向夜色朦朧的天空，有如流星般消失得無影無蹤。

古書先生叼起玻璃菸斗，心滿意足的點了點頭。

「真是令人欣慰。那個吊兒郎當的鬼魂，如今也有了幾分作家的架勢。等待故事降臨時焦急如焚，一旦開始追趕就不輕言放棄，宛如一頭獵犬。」

「哈哈哈，古書先生，這全多虧了你的嚴厲指導。」

「七寶屋老闆，你太抬舉我了。憑我的身分，根本沒有資格指導任何人，我只不過是在古書店裡，把生命奉獻給故事的一隻渡渡鳥。其實我非常羨慕鬼魂，他的工作能夠深入參與故事的誕生。」

大家都吃飽喝足後，才各自放下叉子、茶杯、空盤，以及水果的種子。

雖然沒有人開口宣布，但大家都知道下午茶茶會結束了。裝飾在圓桌周圍的照明燈一盞接著一盞熄滅，最後只剩下舞舞子手上那盞螺貝形狀的提燈還亮著。那盞燈的位置，剛好就在所有人的中間。

「舞舞子姊姊，這個燈的形狀是蝸牛嗎？」

莎拉依偎在舞舞子的身邊，睜著大大的眼睛看著燈火。

「長得很像蝸牛對吧？這是用豪爾菊石的化石製作而成的提燈，雖然牠是相當古老的生物，但是這個形狀一直延續到了現代生物的身上呢。」

舞舞子手中的提燈有著蛋殼般的顏色，從螺旋中央散發出來的光芒雖然微弱卻不曾消失，彷彿在守護著眾人，抵禦來自背後的黑暗以及寂寞氣氛。

「各位，我們回『下雨的書店』吧。」

古書先生揚起他的鳥喙說。

二十五　好事之上更有好事

「下雨的書店」一如往常下著綿綿細雨。眾人回到書店一看，只見書來瘋先生因為身體太過巨大，只能坐在長著青草的地板上，空間顯得相當擁擠。

「抱歉讓你久等了，謝謝你幫忙顧店。如果你不嫌棄，請享用蛋糕。」

舞舞子率先奔向骷髏龍，遞出裝著蛋糕的籃子。書來瘋先生不擅長顧店，店裡看起來變得有些凌亂，原本應該坐在書櫃上的人偶，此時躺在草地上睡覺；以泥土和金屬製成的星球模型，完全偏離了軌道；會動的地圖上，候鳥和航行中的船隻全都不見蹤影。地板上有著東一堆、西一堆的書本，有的堆成一個高塔，有的堆成一座小山。畢竟是請愛看書的書來瘋先生幫忙顧店，這種程度的凌亂早在預料之中。

從「下雨的書」裡飛出來的「獵書嗡嗡」，全都緊貼在骷髏龍身上，似乎對他崇拜不已。

書來瘋先生將視線從書本上抬起，以半夢半醒的口吻說：

「你們回來了啊？店裡的書我已經看了兩遍，雖然每一本書都相當耐人尋味，但我開始想看新的書了！」

好幾隻「獵書嗡嗡」拍動著有如蒼蠅翅膀的雙翅，在書來瘋先生長著尖角的頭頂上飛舞。這時，古書先生「啪」的一聲張開了翅膀。

「書來瘋先生，能請到嗜書成痴的你為我們顧店，真是我們『下雨的書店』有史以來最有面子的事情。請你放心，馬上就會有一本新的書籍誕生。現在，本店的作家──鬼魂正在全力撰寫剩下的稿子。」

聽到這個消息的書來瘋先生，昂起頭發出開心的嘶吼。

「那可真是好事一樁！但是……古書先生，有件事一直讓我掛心不已。雖然我很相信那個鬼魂作家的寫作能力，但是……啊，我得先跟你說聲抱歉，我剛剛擅自進去觀察了一下……在我看來，承載那本書的花朵，好像少了什麼重要的元素。」

古書先生驚訝得瞪大了眼睛。他努力放鬆背上的羽毛，將鳥喙湊向書來瘋先生。

「重要的元素？你指的是……」

「難道是承載『下雨的書』的花朵養分不足？」

站在古書先生背後的照照美，歪著頭這麼說。她拄著楞杖跟大家一起來到書店，一看見書來瘋先生，那曙光色的雙眸頓時閃爍起興奮的神采。

「真是氣派的龍！體型長得這麼高大，一定很擅長修剪高處的樹枝吧？雙手看起來也很靈活，不管是要把謝了的花朵摘掉，還是要拔掉細小的雜草，應該都能夠勝任。對了，還有澆水和施肥……」

「照照美姊姊，書來瘋先生跟古書先生、本莉露姊姊一樣，只想看書看一整天。」

看到照照美盯著書來瘋先生看得陶醉不已，一旁的莎拉趕緊開口解釋。本莉露像是要證明這一點似的，她突然走到書來瘋先生的旁邊坐下，隨手拿起一本書讀了起來。她看起來就像是個又餓又累的人，將臉埋進了書本。接下來，就算有天大的事情，恐怕也很難轉移她的注意力了。

「嗯，不過喜歡栽花種草的人，也會喜歡看書。『晴耕雨讀』這句成語，你們沒聽過嗎？」

「沒錯、沒錯，說得真是太好了。既然妳是一名園藝師，那妳應該讀過《十二個月亮與四個太陽的庭園曆》這本書吧？」

「當然，那是我很喜歡的一本書。另外我還喜歡《從高山山羊與虞美人草談起的博物學》，以及《帕基普斯博士的五百年後庭園》。」

古書先生嘆了一口氣，無奈的搖了搖頭。大家見書來瘋先生與照照美愈聊愈起勁，乾脆把店面交給他們，其他人轉身前往製書室。

下著雨的製書室相當明亮，玻璃地板上還散落著大量的紙張。尚未培育完成的「下雨的書」——王國的故事，就位在湖面的正中央。鬼魂趴在書前方的玻璃走道，在稿紙上專心的提筆爬格子。

每當稿紙差點要掉進湖裡的時候，書芋和書蓓就會趕緊飛過去把稿紙抓回來。至於星丸，他似乎在露子的頭頂上睡著了。他以腳爪緊緊抓住露子的頭髮，所以才沒有從頭上摔下去。

「終於等到了這一刻……真希望浮島先生也能在場。」

為了避免打擾到鬼魂寫作，古書先生盡可能的壓低聲音說話。不管是古書先生還是其他人，他們心中都惦記著書來瘋先生剛剛說的那句話。露子轉頭望向湖心那朵巨大的花。

（製作書本需要的原稿，鬼魂應該都能寫出來才對。承載書本的花朵到底缺少了什麼？）

極光色的睡蓮已經完全盛開，花瓣之間蘊含著神祕的氣息，實在看不出到底缺少了什麼。

鬼魂以飛快的速度揮動手上的不死鳥羽毛筆，就連一次都不曾回頭，簡直就像是根本沒有察覺露子他們進入了製書室。那動個不停的羽毛筆，正在書寫怎樣的故事結局呢？露子不由得將手伸進口袋，緊緊握住自己的隨心所欲墨水筆。看著鬼魂那宛如水母般的背影，露子感受到一股難以言喻的熱流。當初在龍捲風蛋糕裡欣賞馬戲團表演時，她也有類似的感覺，就像是有一道看不見的光芒，在她全身上下的血管中流竄。

突然間，莎拉將露子的手拉了過去。

「……姊姊，這是什麼？」莎拉低聲詢問。

露子不明白她問的是什麼，於是轉頭一看，結果差點放聲尖叫。露子在發出叫聲之前，趕緊將嘴脣緊緊閉上。

『雨』

她的手心上寫著一個漆黑的文字，那正是當初墨士寫給她的字。

——這是一個字冠，妳可以把它送給合適的對象。

當初墨士是怎麼對她說的。

露子抬頭仰望製書室的天花板，那明亮的天花板正不斷的下著雨。她像是受到某種神祕力量的引導，走向通道的邊緣，對著雨滴抬起墨士寫了字的掌心。

那雨滴看起來清澈透明，打在手掌上的感覺卻異常沉重。露子清楚的看見掌心表面在承受雨滴的瞬間，有如水面一般高高濺起，化成漣漪向外擴張，那雨滴就這樣通過了自己的掌心。

此時，蘭蘭忽然用鼻子發出「噗」的一聲輕響。星丸抬起鳥喙，彷彿是對那個聲音產生了反應。

「這是什麼？」

莎拉驚訝得目瞪口呆，一旁的蘭蘭也將頭探了過來。

「我也不知道，可是……」

露子的聲音震動擴散，變成了猶如水流一般的聲音。露子的心中不由得有些徬徨，要是身體再次產生變化，又變回一條魚該怎麼辦？莎拉緊緊抱住露子，似乎是感受到她心中的驚恐。但是不管莎拉那小小的手掌再怎麼用力，都無法阻止露子的變化。露子的輪廓不斷因為雨滴而產生漣漪，最後整個人彷彿都變成了水，而且是那種會因為雨滴而飛濺而出的水。

鬼魂依然不斷在稿紙上寫字。露子不禁心想，當初自己在墨士館內不斷寫字的時候，看起來也是這副模樣嗎？簡直就像是失了魂一樣，眼前除了故事的內容之外什麼也看不見。

雨滴不斷通過露子的手，讓她感覺自己彷彿也變成了雨滴，灑落在湖中那些貌似睡蓮的花朵上，以及王國的故事書上。

此時蘭蘭向前踏出一步，高高舉起他那稚嫩的鼻子。他將指著天花板的鼻子當成指揮棒，同時發出大象特有的清澈、宏亮叫聲。象鳴聲在空氣中產生了振動，那些振動忽高忽低、層層呼應，發揮了呼喚雨的效果。

露子不斷產生漣漪的皮膚，也呼應了蘭蘭的鳴叫，開始振動起來。原本不斷落入湖中的雨滴，在蘭蘭的呼喚下慢慢向上浮起，凝聚在製書室的天花板附近。那些雨滴一邊飛濺，一邊形成了王冠的形狀。

下一瞬間，那雨滴形成的王冠逐漸落在承載著王國之書的花朵上，就像當初馴獸師把王冠戴在舞孃的頭上一樣，動作緩慢而且氣氛隆重。

一股耳朵沒有辦法聽清楚的清澈聲音，迴盪在整間製書室內。湖面上一道圓形的漣漪，以湖中央那朵花的根部為中心向外擴散。就在這個瞬間，先前輪廓化成水的露子，恢復了原本的模樣，身旁的莎拉立刻緊緊抱住她。

「書來瘋先生說的應該就是這個吧？」

舞舞子低聲呢喃。

「對丟丟森林的花朵來說，最重要的養分就是……像露子這樣活生生的人類的『夢之力』。」

古書先生聽了舞舞子的話，也深深點頭同意。然而露子心想，那似乎不是「夢之力」或想像力之類的東西，而是一種藏在內心更深處的力量……就是她當初在龍捲風蛋糕裡頭，與蘭蘭一起體驗到那個說不出名稱的神奇現象。

鬼魂累得不停喘氣，以顫抖的雙手舉起最後一張稿紙，親自放入漂浮著花朵的湖面。稿紙的最後，寫上了最具鬼魂個人風格的同心圓句號，同時以他那歪七扭八的文字寫著「劇終」。

湖面產生了一股輕柔的波浪，捲走了鬼魂的稿紙。露子感覺自己的身體彷彿化成無數碎片，隨著雨水進入了湖中，像一群小魚一樣努力搬運鬼魂的稿紙，將它送到湖中央的書本那裡。

製書室裡的雨勢突然增強，讓露子不禁打了個哆嗦，她的身體似乎依然與雨水聯繫在一起。王國之書已經到了即將完成的最後階段，整個世界彷彿都在等待這一刻的到來。沒錯，這個世界永遠都在等待美好事物的誕生，所以露子也可以繼續寫故事，不停的寫下去，就算寫出一篇完美的作品必須耗費非常多時間也沒關係。

由於雨勢實在太強，就連漂浮在湖中央的巨大花朵，看起來也有些朦朧。那白色的花影變得愈來愈模糊……不對，那不是下雨造成的，而是因為層層交疊的花瓣數量愈來愈多，轉眼之間已經超過了一百片。

大雨只維持了相當短暫的時間。

不久之後，雨勢開始減弱，在場的人全都保持沉默，只是靜靜凝視著製書室中央的那朵花。

原本有如重疊了許多張極光色玻璃紙的花形，如今變得圓潤雪白，彷彿灑落在海面上的滿月月光。在那完全綻放的花瓣上方，一本剛剛誕生的書微微懸浮在半空中，似乎正在等待某個人伸手將它取下。

接下來有好一陣子，幾乎所有人都忘了眨眼。突然間，眾人聽見「啾」的一聲輕響，原來是星丸打了個噴嚏。他那小小的鳥爪正抓著露子的頭髮，證明露子的身體已經恢復了原狀。星丸的噴嚏讓古書先生回過神來，他抖了一下身體，讓身上的羽毛全都豎立起來。舞舞子在這時輕拍雙手，對兩個精靈下令。

「書芊、書蓓……把書拿過來。」

兩個精靈帶著莊重而肅穆的表情，飛過去搬運那本又厚又重的書。這段期間，所有人都神情緊張的看著。精靈們筆直飛向古書先生，想要把書交給他，但是古書先生緩緩搖了搖他那沉重的鳥喙，接著以翅膀指了指鬼魂。

書芊與書蓓轉頭望向鬼魂。趴在玻璃走道上的鬼魂，手上還抓著羽毛筆，他察覺到兩名精靈的視線，不由得打了個哆嗦，身體表面也隨之泛起陣陣漣漪。

精靈把書扛到鬼魂面前，靈感卻露出隨時會放聲大叫的表情，全身抖個不停。

「哇……哇……哇啊啊！」

鬼魂忽然縱聲大哭，緊緊抱住了古書先生的頭。古書先生閉上藏在滿月形眼鏡後方的雙眼，以翅膀按著眉頭，輕拍鬼魂的背部。

「完、完、完……」

「沒錯，鬼老弟。完成了，王國的故事完成了！」

目瞪口呆的莎拉抬頭仰望露子的臉。露子眨了眨眼睛，接著又拉了拉頭確認身體恢復原狀後，又摸了摸口袋，確認自己的筆還在裡頭。

古書先生代替掩面哭泣的鬼魂翻開那本書。平常總是板著一張臉的古書先生，此刻的表情就像是剛結束了一場驚天動地的遊戲，臉上帶著三分歡愉與三分膽怯，眼角和嘴角都垂了下來，泛著光澤的鳥喙輕輕顫抖。

一本非常傑出的書，就在這個瞬間誕生了。

「舞舞子，這是我們『下雨的書店』屈指可數的名作！」

「古書先生，我只要看你的表情就猜得出來……每次只要誕生一本傑作，你就會露出這樣的表情。」

圍繞在舞舞子鬈髮四周的珍珠顆粒輕輕搖擺著，精靈們也興奮得抓著她肩膀上的洋裝。

「好羨慕……我也好想變成一本像這樣深受喜愛的書……」蘭蘭揚起鼻子，低聲笑著說。

此時星丸突然從露子的頭上跳下來（他扯斷了幾根頭髮，但是露子並不在意），凌空翻了一圈，變成男孩的模樣，伸手拍了拍馬戲團小象的背。

「如果你覺得等讀者上門的日子很無聊，可以來這裡找我一起去冒險。你走鋼索的技術很厲害，我很想向你學習呢。」

蘭蘭．雷寧捲起鼻子，抹去了眼角的淚水。他用雙手緊緊夾住那寶貴的書籤，高高舉起自己稚嫩的鼻子，依照馬戲團的禮節，以鼻子的尾端在空中畫了一個圈，朝眾人深深一鞠躬。下一秒，忽然一聲輕響，那白色的小象就像泡沫破裂一樣，消失得無影無蹤。

——只要到圖書館的書架上尋找，一定能夠再見到他吧。

在古書先生與舞舞子的催促下，所有人離開了雖然下著雨但光線明亮的製書室，回到了店內。書芊和書蓓將王國故事的「下雨的書」搬了回來。露子心想，接下來要決定由誰先讀這本書，恐怕還會吵鬧不休一陣子吧。

＊

『……就這樣，從作者身邊遺落的冒險記錄，一直高掛在萬年樹的樹枝上，直到現在才被人發現。但是發現這本書的人，既不是由坦布坦隊長率領的探險隊，也不是穿過叢林的迷霧魔法師。

從糾纏在一起的樹枝上，將這本寫著冒險記錄的破爛筆記本拿下來的雙手，是一雙戴了非常多手環的手。這雙手的主人是一個女孩，一個有著黝黑膚色、凌亂頭髮，以及一雙圓滾滾大眼睛的女孩。她從樹上取下筆記本，同時收起背後那一對大鷲翅膀。

「喂，我們要到下一個城市去了！」

同伴們在萬年樹遙遠的樹根下，朝女孩高聲大喊。他們是一個到處巡迴表演的馬戲團，擁有許多輛馬車，每一輛馬車都有著條紋圖案的頂蓋。

女孩點了點頭，再度張開翅膀，從枝頭飛躍而下，手上還緊緊抓著那本冒險記錄。

這本冒險記錄只寫了一半，等女孩讀完之後，她一定會繼續寫下去吧。不過此時的女孩當然還不知道這一點，她看著自己的翅膀在下方的樹木上投下陰影，就這樣飛回了馬戲團同伴的身邊。』

露子在故事的結尾寫下「劇終」這兩個字，才大大呼出一口積在胸口深處的氣。

圖書館外頭的天氣十分晴朗，每當微風輕拂，從枝葉縫隙灑落的陽光，就會在書桌上輕輕擺動。

堆積在座位上的書籍，幾乎掩蓋了露子的身影。露子趴在桌上，以臉頰抵著剛剛寫完故事的筆記本。即使閉上眼睛，隔著眼皮還是可以感覺到刺眼的陽光。此時的露子一方面很想睡覺，一方面又擔心剛剛寫完的故事沒辦法讓讀者覺得有趣。

「姊姊，不能在圖書館睡覺啦。」

莎拉輕輕戳了一下露子的背。

露子一邊發出呻吟，一邊抬起上半身。莎拉眨了眨眼睛說：

「姊姊，妳愈來愈像靈感鬼哥哥了……啊！妳的故事寫完了？」

莎拉雖然壓低了聲音，語氣聽起來卻相當驚訝。露子沒有回話，接著又發出了呻吟，簡直就像是身體還沒有從故事的世界返回現實世界，所以沒有辦法回答莎拉的話。

「姊姊，妳要先拿給古書先生看，還是先拿給本莉露姊姊看？」

「這個嘛……」

露子終於站了起來，把筆記本和鉛筆盒放回包包，接著拿起堆在桌上的書，準備放回書架上。露子沒有自信自己寫的作品能讓古書先生看上眼，更何況最近終於輪到古書先生閱讀王國的故事，他大概正看得廢寢忘食吧。浮島先生、書來瘋先生與本莉露（他們兩人一起看完了王國的故事。本莉露坐在書來瘋先生的肋骨上，書來瘋先生負責翻頁）……大家依照順序閱讀王國的書。

最後王國的書應該會歸浮島先生所有……等所有人都讀完之後，不曉得浮島先生願不願意讓自己讀那本書？不久前，露子曾抱著忐忑不安的心情，拜訪浮島先生經營的樂器行。當時浮島先生穿著圍裙，坐在擺滿樂器的小小店面內的高腳椅上，看起來和裂縫世界的他截然不同。他不僅讓露子嘗試了店裡的樂器，還送給莎拉一罐進口糖果。

露子打算先讓浮島先生讀自己的作品，因為他不是裂縫世界的居民。至於古書先生的嚴厲批評，可以等浮島先生讀完後再聽。

「莎拉，妳又要借那本書？」

莎拉的懷裡抱著上個星期才借過的童話故事，那是一個冒險故事，主角是一個撐著陽傘的公主。

「姊姊還不是一樣，又借那本書了。」

露子好不容易將桌上的書全部放回書架上，手邊只剩下一本有直條紋封面的書。

「星丸可能會想看嘛。」

「他才不會看書呢，他只會拉著蘭蘭到處去冒險。」

莎拉嘟著嘴，模仿成熟大人的口氣說話。露子心想，或許是這樣沒有錯，但那似乎也沒什麼不好。

借書櫃檯的前方，早已有好幾個孩子在那裡排隊，準備辦理借書手續。每個孩子的手上，都捧著自己最喜歡的書。

（劇終）

作者簡介

日向理惠子

一九八四年生於日本兵庫縣，從小便展現出喜歡畫畫的天分，六歲左右開始把筆記本當成空白繪本，在上面塗鴉創作。小學時因為體弱經常待在保健室，在保健室的老師指導下學會打字。不論在教室或是家裡，總是在讀書或者寫字，也經常抱著寫字用具到處走來走去，雖然實際完成的作品並不多，卻就此開啟了她的創作之路。高中時曾以高木理惠子的名字出版了《前往魔法之庭》（魔法の庭へ），二〇〇八年出版《下雨的書店》之後，以兒童文學作家身分在日本文壇展露頭角。

《下雨的書店》系列已出版至第五冊，除在日本備受歡迎外，也發行多種海外譯本。其他重要著作尚有融合戰爭與奇幻題材、改編為電視動畫的《獵火之王》（火狩りの王）系列、以「不想去上學」念頭展開的《星期天的王國》（日曜日の王国）、以荒廢的遊樂園和外星人為題的《迷路星星的旋轉木馬》（迷子の星たちのメリーゴーラウンド），以及甫問世的《星星的廣播電台與卷螺世界》（星のラジオとネジマキ世界）等作品，每一部都是以純真的兒童之眼創造的想像世界。

創作之餘，日向理惠子喜歡養花蒔草，是一位綠手指。除了在部落格上與讀者分享她的植物日記外，她也將對花草的愛好融入情節創作之中，讓幻想世界充滿自然綠意。

繪者簡介

吉田尚令

一九七一年生於日本大阪，為知名插畫家。一九九〇年自大阪府立港南高校現代工藝科畢業後，從事設計和廣告相關工作，現在以插畫和書籍封面為主要創作領域，由於畫風柔和，經常被誤認為是女性插畫家。繪製作品除了《下雨的書店》系列，還有與知名作家宮部美幸合作的《惡之書》、由演員草彅剛翻譯自韓文的《月之街　山之街》（月の街　山の街）、板橋雅弘「壞蛋爸爸」系列的《我爸爸的工作是大壞蛋》和《我的爸爸是壞蛋冠軍》，以及安東みきえ的《向星星訴說》（星につたえて）等。於二〇〇一年起多次舉辦個展，並以與知名兒童文學家森繪都合作之《希望牧場》獲得國際兒童圖書評議會榮譽獎（IBBYオナーリスト賞）。

譯者簡介

李彥樺

一九七八年出生。日本關西大學文學博士。曾任台灣東吳大學日文系兼任助理教授。從事翻譯工作多年，譯作涵蓋文學、財經、實用叢書、旅遊手冊、輕小說、漫畫等各領域。

小麥田 故事館
下雨的書店：雨冠之花

作　　者　日向理惠子
繪　　者　吉田尚令
譯　　者　李彥樺
美術設計　達　姆
協力編輯　葉依慈
責任編輯　巫維珍

國際版權　吳玲緯　楊　靜
行　　銷　闕志勳　吳宇軒　余一霞
業　　務　李再星　李振東　陳美燕
編輯總監　劉麗真
出　　版　小麥田出版
地址：115台北市南港區昆陽街16號4樓
電話：(02)2500-0888
傳真：(02)2500-1951
發　　行　英屬蓋曼群島商家庭傳媒股份有限公司城邦分公司
地址：115台北市南港區昆陽街16號8樓
網址：http://www.cite.com.tw
客服專線：(02)2500-7718｜2500-7719
24小時傳真專線：(02)2500-1990｜2500-1991
服務時間：週一至週五09:30-12:00｜13:30-17:00
劃撥帳號：19863813　戶名：書虫股份有限公司
讀者服務信箱：service@readingclub.com.tw
香港發行所　城邦（香港）出版集團有限公司
地址：香港九龍九龍城土瓜灣道86號順聯工業大廈6樓A室
電話：+852-2508-6231
傳真：+852-2578-9337
E-MAIL：hkcite@biznetvigator.com
馬新發行所　城邦（馬新）出版集團【Cite(M) Sdn. Bhd】
地址：41, Jalan Radin Anum, Bandar Baru Sri Petaling, 57000 Kuala Lumpur, Malaysia.
電話：+6(03) 9056 3833
傳真：+6(03) 9057 6622
讀者服務信箱：services@cite.my
麥田部落格　http://ryefield.pixnet.net
印　　刷　漾格科技股份有限公司
初　　版　2024年4月
初版二刷　2024年5月
售　　價　380元

ISBN 978-626-7281-62-8
EISBN 978-626-7281-64-2（EPUB）
Printed in Taiwan.

國家圖書館出版品預行編目資料

下雨的書店：雨冠之花／日向理惠子作；吉田尚令繪；李彥樺譯. -- 初版. -- 臺北市：小麥田出版：英屬蓋曼群島商家庭傳媒股份有限公司城邦分公司發行, 2024.04
面；　公分. --（故事館）
ISBN 978-626-7281-62-8（平裝）

861.596　　112021829